Kennst du Erich Kästner?

Texte von Erich Kästner
für junge Leser ausgewählt
und vorgestellt von

Astrid Koopmann und Bernhard Meier

Bertuch

Bertuchs Weltliteratur für junge Leser

HERAUSGEBER: Wolfgang Brekle

BAND 7: Kennst du Erich Kästner?

In der Reihe »Bertuchs Weltliteratur für junge Leser« sind im gleichen Verlag bisher erschienen:

HORST NALEWSKI: Kennst du Rainer Maria Rilke?

ANDRÉ BARZ: Kennst du E.T.A. Hoffmann?

WILFRIED BÜTOW: Kennst du Heinrich Heine?

ARNO PIELENZ: Kennst du Heinrich von Kleist?

KARLHEINZ FINGERHUT: Kennst du Franz Kafka?

FRIEDRICH ALBRECHT: Kennst du Anna Seghers?

JÜRGEN KLOSE: Kennst du Friedrich Schiller?

ROLAND OPITZ: Kennst du Fjodor Dostojewski?

MARTIN SCHNEIDER: Kennst du Leo Tolstoi?

Bertuch

2., überarbeitete und ergänzte Auflage

www.bertuch-verlag.com

REIHENGESTALTUNG: Graphische Betriebe Rudolf Keßner Weimar

UMSCHLAG: Roland Beier, Berlin

GESAMTHERSTELLUNG: Graphische Betriebe Rudolf Keßner Weimar

ISBN: 978-3-937601-88-5

Inhalt

Komm setz dich zu mir ins Café!

EINE EINLEITUNG

Das bin ich!

Guten Tag! Wie geht es dir? Gut?

Schön! Darf ich mich vorstellen? Mein Name ist Erich Kästner. Du willst mich kennenlernen? Dann möchte ich dich mit auf eine Reise durch die wichtigsten Stationen meines Lebens und Schaffens nehmen und zugleich einen Streifzug durch vier wunderschöne große Städte Deutschlands machen. Im Gepäck habe ich dabei immer Auszüge aus meinen Werken.

Also setz dich zu mir ins Café – es stört dich doch nicht, wenn ich rauche? – und lass uns *sachlich* plaudern.

Was ich mit *sachlich* meine?

Meine Sichtweise ist einfach und praktisch, meine Sprache schlicht und klar. Sicher kennst du das so oft zitierte Epigramm von mir:

»Es gibt nichts Gutes
außer: Man tut es!«

Viele meiner Werke sind in Cafés wie diesem entstanden. Ich benutze sie wie andere Leute ein Büro. Hierher gehe ich auf »Montage«, setze mich an meinen Stammplatz, rauche ein paar Zigaretten, bestelle hin und wieder etwas zu trinken, beobachte die Menschen … und schreibe. Was ich schreibe? Tja – eigentlich bin ich fast in jedem Genre zu Hause. Ich schreibe für Erwachsene und Kinder, fürs Kabarett und die Zeitung. Bestimmt kennst du meine Kinderbücher und Filme, vielleicht meine Romane für Erwachsene oder auch meine Gedichte, die alltagstauglich sind und die ich als Gebrauchslyrik bezeichne.

Wenn du etwas über mich und die Stationen meines Lebens erfahren willst, dann reisen wir gemeinsam durch vier große bedeutende Städte: nach Dresden, wo ich geboren wurde und meine Kindheit verbrachte, nach Leipzig, meiner Studienstadt, weiter nach Berlin, wo ich unter anderem mein erstes Kinderbuch schrieb, und schlussendlich nach München.

Und wenn es dir gefallen hat, so wirst du am Ende unserer Reise erfahren können, wo du mich heute noch finden, wo du mehr erfahren und mich wiedertreffen kannst.

Aber fangen wir nicht am Ende an, denn begonnen hat eigentlich alles in einem kleinen sächsischen Ort bei Döbeln …

Als ich ein kleiner Junge war

AUSZUG

Meine zukünftigen Eltern lernen sich endlich kennen

Als die kleine Ida ein junges hübsches Mädchen von sechzehn Jahren geworden war, ging auch sie »in Stellung«. […]

Sie wurde Stubenmädchen. Auf einem Rittergut bei Leisnig. Sie bediente bei Tisch. Sie bügelte die feine Wäsche. Sie half in der Küche. Sie stickte Monogramme in Tisch- und Taschentücher. Es gefiel ihr gut. Und sie gefiel der Herrschaft gut. Bis sie eines Abends dem Rittergutsbesitzer, einem flotten Kavallerieoffizier, allzu gut gefiel! Er wollte zärtlich werden, und da stürzte sie vor Schreck aus dem Hause. Rannte im Finstern durch den unheimlichen Wald und über die Stoppelfelder. Bis sie, tief in der Nacht, weinend bei den Eltern anlangte. Tags darauf holte mein Großvater, mit Pferd und Wagen, den Spankorb der Tochter auf dem Rittergut ab. Der schneidige Offizier ließ sich, zu seinem Glück, nicht blicken.

Nach einiger Zeit fand Ida eine neue Stellung. Diesmal in Döbeln. Bei einer alten gelähmten Dame. Sie diente ihr als Vorleserin, Gesellschafterin und Krankenpflegerin. Kavallerieoffiziere, denen sie zu gut hätte gefallen können, waren nicht in der Nähe.

Dafür aber die älteren Schwestern Lina und Emma! Sie hatten inzwischen geheiratet und wohnten in Döbeln. Beide im gleichen Haus: in der

Niedermühle. Das war eine richtige Mühle mit einem großen Wasserrad und hölzernen Wehrgängen. Und der Müller mahlte aus dem Weizen und Roggen, den ihm die Bauern brachten, weißes Mehl, das sie dann, in Zentnersäcken, abholten und den Bäckern und Krämern der Gegend verkauften. […]

Die Schwestern in der Niedermühle berieten hin und her. Sie meinten schließlich, eigne Sorgen seien eben doch ein bißchen weniger schlimm als fremde Sorgen. Und so suchten sie, trotz all ihrem Kummer und Ärger, trotz der Arbeit und des Kindergeschreis, in der freien Zeit, die ihnen übrig blieb, für die Schwester Ida einen Bräutigam!

Und da sie zu zweit und sehr energisch suchten, fanden sie auch bald einen Kandidaten, der ihnen geeignet erschien. Er war vierundzwanzig Jahre alt, arbeitete bei einem Döbelner Sattlermeister, wohnte in der Nachbarschaft zur Untermiete, war fleißig und tüchtig, trank nicht über den Durst, sparte jeden Groschen, weil er sich selbständig machen wollte, stammte aus Penig an der Mulde, suchte eine Werkstatt, einen Laden und eine junge Frau und hieß Emil Kästner.

Illustration von Horst Lemke

Tante Lina lud den jungen Mann an einigen Sonntagen zu Kaffee und selbstgebacknem Kuchen in die Niedermühle ein. So lernte er die Schwester Ida kennen, und sie gefiel ihm ausnehmend gut. Ein paar Male führte er sie auch zum Tanz aus. Aber er war kein guter Tänzer, und so ließen sie es bald wieder bleiben. Ihm machte das nichts aus. Er suchte ja keine Tänzerin, sondern eine tüchtige Frau fürs Leben und fürs künftige Geschäft! Und dafür schien ihm die zwanzigjährige Ida Augustin die Richtige zu sein.

Für Ida lag die Sache nicht ganz so einfach. »Ich liebe ihn doch gar nicht!« sagte sie zu den älteren Schwestern. Lina und Emma hielten von der Liebe, wie sie in Romanen stattfindet, sehr wenig. Ein junges Mädchen verstehe sowieso von der Liebe nichts. Außerdem komme die Liebe mit der Ehe. Und wenn nicht, so sei das auch kein Beinbruch, denn die Ehe bestehe aus Arbeit, Sparen, Kochen und Kinderkriegen. Die Liebe sei höchstens so wichtig wie ein Sonntagshut. Und ohne einen Extrahut für sonntags komme man auch ganz gut durchs Leben!

So wurden Ida Augustin und Emil Kästner am 31. Juli 1892 in der protestantischen Dorfkirche zu Börtewitz getraut. Und im Vaterhaus in Kleinpelsen fand die Hochzeitsfeier statt. Die Eltern und alle Geschwister der Braut und die Eltern und sämtliche Geschwister des Bräutigams waren anwesend. Es ging hoch her. Der Brautvater ließ sich nicht lumpen. Es gab Schweinebraten und Klöße und Wein und selbstgebacknen Streuselkuchen und Quarkkuchen und echten Bohnenkaffee! Und auf das Glück des jungen Paares wurden mehrere Reden gehalten. Man wünschte den beiden viel Erfolg, viel Geld und gesunde Kinder. Man stieß mit den Weingläsern an und war gerührt. Wie das bei solchen Festen üblich ist. […]

Mein zukünftiger Vater war zwar ein erstklassiger Handwerker, ja ein Lederkünstler, aber ein schlechter Geschäftsmann. Und eines hing mit dem andern eng zusammen. Der Schulranzen, den er mir 1906 machte, war, als ich 1913 konfirmiert wurde, noch genau so neu wie an meinem ersten Schultage. Er wurde dann an irgendein Kind in der Verwandtschaft ver-

schenkt und immer wieder weitervererbt, sobald das jeweilige Kind aus der Schule kam. Ich weiß nicht, wo mein guter alter brauner Ranzen heute steckt. Doch ich würde mich nicht wundern, wenn er nach wie vor auf dem Rücken eines kleinen Kästners oder Augustins zur Schule ginge! Doch das gehört noch nicht hierher. Wir befinden uns ja erst im Jahre 1892. (Und müssen noch sieben Jahre warten, bis ich auf die Welt komme!)

Jedenfalls, wer Schulranzen macht, die nie kaputtgehen, verdient zwar höchstes Lob, aber es ist für ihn und seine Zunft ein schlechtes Geschäft. Wenn ein Kind drei Ranzen braucht, so ist der Umsatz wesentlich höher, als wenn drei Kinder einen Ranzen brauchen. In dem einen Falle würden drei Kinder neun Ranzen brauchen, im andern Fall einen einzigen. Das ist ein kleiner Unterschied.

Der Sattlermeister Kästner stellte also unverwüstliche Ranzen her, unzerreißbare Mappen und ewige Herren- und Damensättel. Natürlich waren seine Erzeugnisse etwas teurer als anderswo. Denn er verwendete das beste Leder, den besten Filz, den besten Faden und sein bestes Können. Den Kunden gefielen seine Arbeiten weit besser als seine Preise, und mancher ging wieder aus dem Laden hinaus, ohne gekauft zu haben. […]

Onkel Riedel schrieb also seinem Neffen Emil, er möge doch nach Dresden, der sächsischen Residenzstadt, ziehen. Mit dem eignen Geschäft und größeren Plänen sei es ja nun wohl für längere Zeit Essig. Es gäbe aber andre Möglichkeiten für tüchtige Sattlermeister. So hätten sich beispielsweise die großen bestickten Reisetaschen und die unförmigen Spankörbe völlig überlebt. Die Zukunft, vielleicht auch die des tüchtigen Neffen Emil, gehöre den Lederkoffern! Es gäbe in Dresden bereits Kofferfabriken!

Und so zogen meine zukünftigen Eltern mit Sack und Pack in die königlich-sächsische Haupt- und Residenzstadt Dresden. In die Stadt, wo ich geboren werden sollte. Aber damit ließ ich mir noch viele Jahre Zeit.

Zeichnungen von Horst Lemke

Ich las und las. Kein Buchstabe war vor mir sicher.

KINDHEIT UND JUGEND IN DRESDEN (1899–1919)

Meine Mutter Ida wurde am 9. April 1871 in Kleinpelsen bei Döbeln geboren. Sie stammte aus einer kleinbürgerlichen Familie. Mit sechs Jahren verlor die kleine Ida ihre Mutter. Wenn ich es mir recht überlege, ist das vielleicht der Grund, warum sie mir später eine so perfekte Mutter sein wollte – und das wurde sie tatsächlich!

Zudem war meine Mutter schon immer sehr ehrgeizig und strebsam. Aus ihren Erzählungen weiß ich, dass ihr das Lernen nicht einfach zufiel. Umso glücklicher konnte ich sie machen, wenn ich später gute Noten nach Hause brachte.

Nach ihrem Schulabschluss wurde meine Mutter Dienstmädchen, bis ihr die Schwestern einen Bräutigam ausgesucht hatten. Das war damals so!

Emil Kästner war ein fleißiger junger Sattlermeister, der sich selbständig machen wollte und eine Frau suchte. Tja, vielleicht haben die beiden gedacht, die Liebe würde schon irgendwann kommen …

Was nicht kam, war der Erfolg im eigenen Geschäft und so zogen meine zukünftigen Eltern nach Dresden. Und dort erblickte ich am 23. Februar 1899 das Licht der Welt.

Oh, es waren bescheidene Verhältnisse, in die ich hineingeboren wurde! Mein Vater arbeitete in Dresden inzwischen in einer Kofferfabrik und meine liebe, fleißige Mutter nähte bis spät in die Nacht in Heimarbeit Leibbinden. Ich denke, meine Eltern waren beide glücklich, dass es mich gab – aber für meine Mutter bedeutete meine Geburt weitaus mehr. Ihr Leben hatte endlich einen Sinn! So lang ich mich erinnern kann, schuftete sie, um mir ein besseres Leben ermöglichen zu können.

Obwohl unsere Wohnung kaum für drei Personen reichte, vermietete meine Mutter bald ein Zimmer. Ich kann dir sagen, das war die erste prägende Erfahrung in meinem jungen Leben, denn unser erster Untermieter, wie auch all seine späteren Nachfolger übrigens, war ein Lehrer. Mein Berufswunsch stand von nun an fest! Und er deckte sich auch mit dem, was sich meine Mutter für mich wünschte! Du musst wissen: wenn man zu dieser Zeit einen geistigen Beruf erlernen wollte, obwohl sich die Eltern kein Gymnasium leisten konnten, hatte man keine andere Wahl, als Lehrer zu werden. Die Ausbildung war billiger, aber nicht kostenlos. Meine Mutter wusste dies und tat alles, um Geld dafür zu sparen. Stell dir vor, dafür erlernte sie im Alter von 35 Jahren noch einmal einen Beruf und wurde Friseuse.

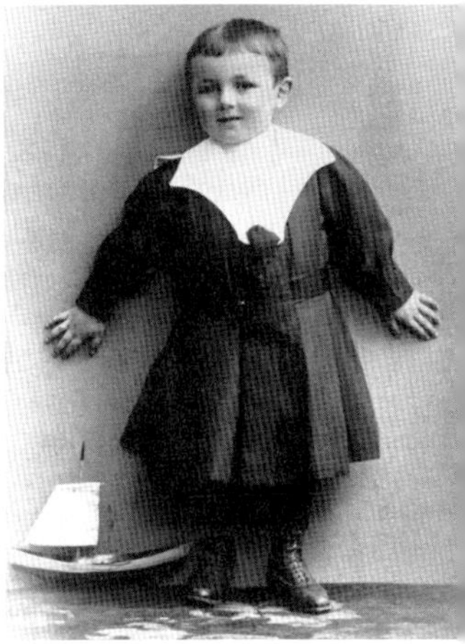

Das bin ich als kleiner Junge.

Bin ich nicht ein Musterknabe?

Aber zurück zu mir! 1905 wurde ich endlich eingeschult. Ich war ein vorbildlicher Schüler. Ich trat zeitiger als üblich in den Turnverein ein und wurde bald bester Vorturner. Du schmunzelst? Hätte ich meine Mutter enttäuschen sollen? Wohl nicht, denn meinetwegen arbeitete sie so hart. Und ich spüre noch heute, wenn ich mich an jene Zeit erinnere, dass es ihr nicht immer gut dabei ging. Oft tröstete ich sie und richtig glücklich schien sie nur, wenn wir zusammen wanderten oder ins Theater gingen.

Als ich ein kleiner Junge war
AUSZUG

Riesenwellen und Zuckertüten

[...] Ein Jahr, bevor ich zur Schule kam, wurde ich, mit knapp sechs Jahren, das jüngste Mitglied des Turnvereins »zu Neu- und Antonstadt«. Ich hatte meiner Mutter keine Ruhe gelassen. Sie war strikt dagegen gewesen. Ich sei noch zu klein. Ich hatte sie gequält, bestürmt, belästigt und umgaukelt. »Du mußt warten, bis du sieben Jahre alt bist«, hatte sie immer wieder geantwortet.

Und eines Tages standen wir, in der kleineren der zwei Turnhallen, vor Herrn Zacharias. Die Knabenriege machte gerade Freiübungen. Er fragte: »Wie alt ist denn der Junge?« »Sechs«, gab sie zur Antwort. Er sagte: »Du mußt warten, bis du sieben Jahre alt bist.« Da nahm ich die Hände, ord-

nungsgemäß zu Fäusten geballt, vor die Brust, sprang in die Grätsche und turnte ihm ein gymnastisches Solo vor! Er lachte. Die Knabenriege lachte. Die Halle hallte vor fröhlichem Gelächter. Und Herr Zacharias sagte zu meiner verdatterten Mama: »Also gut, kaufen Sie ihm ein Paar Turnschuhe! Am Mittwoch um drei ist die erste Stunde!« Ich war selig. Wir gingen ins nächste Schuhgeschäft. Abends wollte ich mit den Turnschuhen ins Bett. Am Mittwoch war ich eine Stunde zu früh in der Halle. Und was, glaubt ihr, war der Herr Zacharias von Beruf? Lehrer war er, natürlich. Seminarlehrer. Als Seminarist wurde ich sein Schüler. Und er lachte noch manches Mal, wenn er von unserer ersten Begegnung sprach.

Ich war ein begeisterter Turner, und ich wurde ein ziemlich guter Turner. Mit eisernen Hanteln, mit hölzernen Keulen, an Kletterstangen, an den

Ringen, am Barren, am Reck, am Pferd, am Kasten und schließlich am Hochreck. Das Hochreck wurde mein Lieblingsgerät. Später, viel später. Ich genoß die Schwünge, Kippen, Stemmen, Hocken, Grätschen, Kniewellen, Flanken und, aus dem schwungvollen Kniehang, das Fliegen durch die Luft mit der in Kniebeuge und Stand abschließenden Landung auf der Kokosmatte. Es ist herrlich, wenn der Körper, im rhythmischen Schwung, leichter und leichter wird, bis er fast nichts mehr zu wiegen scheint und, nur von den Händen schmiegsam festgehalten, in eleganten und phantasievollen Kurven eine biegsam feste Eisenstange umtanzt!

Ich wurde ein ziemlich guter Turner. Ich glänzte beim Schauturnen. Ich wurde Vorturner. Aber ein sehr guter Turner wurde ich nicht. Denn ich hatte Angst vor der Riesenwelle! Ich wußte auch, warum. Ich war einmal dabeigewesen, als ein anderer während einer Riesenwelle, in vollem Schwung, den Halt verlor und kopfüber vom Hochreck stürzte. Die Kameraden, die zur Hilfestellung bereitstanden, konnten ihn nicht auffangen. Er wurde ins Krankenhaus gebracht. Und die Riesenwelle und ich gingen einander zeitlebens aus dem Wege. Das war eigentlich eine rechte Blamage, und wer blamiert sich schon gern? Doch es half nichts. Ich bekam die Angst vor der Riesenwelle nicht aus den Kleidern. Und so war mir die Blamage immer noch ein bißchen lieber als ein Schädelbruch. Hatte ich recht? Ich hatte recht.

Ich wollte turnen und turnte, weil es mich freute. Ich wollte kein Held sein oder werden. Und ich bin auch keiner geworden. Kein falscher Held und kein echter Held. Wißt ihr den Unterschied? Falsche Helden haben keine Angst, weil sie keine Phantasie haben. Sie sind dumm und haben keine Nerven. Echte Helden haben Angst und überwinden sie. Ich habe manches liebe Mal im Leben Angst gehabt und sie, weiß Gott, nicht jedesmal überwunden. Sonst wäre ich heute vielleicht ein echter und sicherlich ein toter Held. Nun will ich mich allerdings auch nicht schlechter machen, als ich bin. Zuweilen hielt ich mich ganz wacker, und das war mitunter gar nicht so einfach. Doch die Heldenlaufbahn als Hauptberuf, das wäre nichts für mich gewesen.

Ich turnte, weil meine Muskeln, meine Füße und Hände, meine Arme und Beine und der Brustkorb spielen und sich bilden wollten. Der Körper wollte sich bilden wie der Verstand. Beide verlangten, gleichzeitig und gemeinsam, ungeduldig danach, geschmeidig zu wachsen und, wie gesunde Zwillinge, gleich groß und kräftig zu werden. Mir taten alle Kinder leid, die gern lernten und ungern turnten. Ich bedauerte alle Kinder, die gern turnten und nicht gern lernten. Es gab sogar welche, die weder lernen noch turnen wollten! Sie bedauerte ich am meisten. Ich wollte beides brennend gern. Und ich freute mich schon auf den Tag, an dem ich zur Schule kommen sollte. Der Tag kam, und ich weinte.

Die 4. Bürgerschule in der Tieckstraße, unweit der Elbe, war ein vornehm düsteres Gebäude mit einem Portal für die Mädchen und einem für die Knaben. In jener Zeit sahen alle Schulen düster aus, dunkelrot oder schwärzlich-grau, steif und unheimlich. Wahrscheinlich waren sie von denselben Baumeistern gebaut worden, die auch die Kasernen gebaut hatten. Die Schulen sahen aus wie Kinderkasernen. Warum den Baumeistern keine fröhlicheren Schulen eingefallen waren, weiß ich nicht. Vielleicht sollten uns die Fassaden, Treppen und Korridore denselben Respekt einflößen wie der Rohrstock auf dem Katheder. Man wollte wohl schon die Kinder durch Furcht zu folgsamen Staatsbürgern erziehen. Durch Furcht und Angst, und das war freilich ganz verkehrt. […]

Der Schulweg war eine schwierigere Angelegenheit als die Schule selber. Denn im Klassenzimmer gab es nur einen einzigen Erwachsenen, den Lehrer Bremser. Er durfte dort sein, weil er dort sein mußte. Ohne ihn hätte man die Buchstaben und die Ziffern, das ABC und das Kleinmaleins ja gar nicht lernen können. Aber daß einen die Mutter bei der Hand nahm und bis zum Schulportal transportierte, das war ausgesprochen lästig. Man war doch, mit seinen sieben Jahren, kein kleines Kind mehr! Oder wagte dies etwa irgend jemand zu behaupten? Frau Kästner wagte es. Sie war eine tapfere Frau. Doch sie wagte es nur acht Tage lang. Denn sie war

eine gescheite Mutter. Sie gab nach. Und ich spazierte, mit Ranzen und Frühstückstasche bewaffnet, stolz und allein, jeder Zoll ein Mann, morgens in die Tieckstraße und mittags wieder nach Hause. Ich hatte gesiegt, hurra!

Viele Jahre später hat mir meine Mutter erzählt, was damals in Wirklichkeit geschah. Sie wartete, bis ich aus dem Hause war. Dann setzte sie sich rasch den Hut auf und lief heimlich hinter mir her. Sie hatte schreckliche Angst, mir könne unterwegs etwas zustoßen, und sie wollte meinen Drang zur Selbständigkeit nicht behindern. So verfiel sie darauf, mich auf dem Schulwege zu begleiten, ohne daß ich es wußte. Wenn sie befürchtete, ich könne mich umdrehen, sprang sie rasch in eine Haustür oder hinter eine Plakatsäule. Sie versteckte sich hinter großen, dicken Leuten, die den gleichen Weg hatten, lugte an ihnen vorbei und ließ mich nicht aus den Augen. Der Albertplatz mit seinen Straßenbahnen und Lastfuhrwerken war ihre größte Sorge. Doch völlig beruhigt war sie erst, wenn sie, von der Ecke Kurfürstenstraße aus, mich in der Schule verschwinden sah. Dann atmete sie auf, schob sich den Hut zurecht und ging, diesmal hübsch gesittet und ohne Indianermethoden, nach Hause. Nach einigen Tagen gab sie ihr Morgenmanöver auf. Die Angst, ich könne unvorsichtig sein, war verflogen. […]

In der Schule selber gab es keine Schwierigkeiten. Außer einer einzigen. Ich war sträflich unaufmerksam. Es ging mir zu langsam voran. Ich langweilte mich. Deshalb knüpfte ich mit den Nachbarn neben, vor und hinter mir launige Unterhaltungen an. Junge Männer im Alter von sieben Jahren haben einander begreiflicherweise viel zu erzählen. Herr Bremser, so gemütlich er im Grunde war, empfand meine Plauderlust als durchaus störend. Sein Versuch, aus etwa dreißig kleinen Dresdnern brauchbare Alphabeten zu machen, litt empfindlich darunter, daß ein Drittel der Klasse außer-

dienstliche Gespräche führte, und ich war der Anstifter. Eines Tages riß ihm der Geduldsfaden, und er erklärte ärgerlich, er werde, wenn ich mich nicht bessere, meinen Eltern einen Brief schreiben.

Als ich mittags heimkam, berichtete ich die interessante Neuigkeit. »Wenn das nicht endlich anders wird«, sagte ich, noch im Korridor und während ich den Ranzen vom Rücken nahm, »wird er einen Brief schreiben. Seine Geduld ist am Ende.« Die Mama fand meinen Lagebericht und die Gelassenheit, womit ich ihn vortrug, erschreckend. Sie redete mir gewaltig ins Gewissen. Ich versprach ihr, mich zu bessern. Daß ich nun, mit einem Schlag und immerzu, aufmerksam sein werde, dafür könne ich nicht garantieren, aber die anderen Schüler wolle ich künftig nicht mehr stören. Das war ein faires Angebot. Und am kommenden Tage ging meine Mutter heimlich zu Herrn Bremser. Als sie ihm alles erzählt hatte, lachte er. »Nein, so etwas!« rief er. »Ein komischer Junge! Jeder andre würde hübsch abwarten, bis der Brief bei den Eltern einträfe!« »Mein Erich verschweigt mir nichts«, gab Frau Kästner stolz zur Antwort. Herr Bremser wiegte den Kopf hin und her und sagte nur: »Soso.« Und dann fragte er: »Weiß er schon, was er später einmal werden will?« »O ja«, meinte sie, »Lehrer!« Da nickte er und sagte: »Gescheit genug ist er.«

Nun, von dieser Unterhaltung im Lehrerzimmer erfuhr ich damals nichts. Ich hielt mein Wort. Ich störte den Unterricht nicht mehr. Ich versuchte sogar, möglichst aufmerksam zu sein, obwohl ich diesbezüglich keine bindenden Zusagen abgegeben hatte. Dabei fällt mir ein, daß ich auch heute noch so handle. Ich verspreche lieber zu wenig als zu viel. Und ich halte lieber mehr, als ich versprochen habe. Meine Mutter pflegte zu sagen: »Jeder Mensch ist anders albern.«

Wenn ein Kind lesen gelernt hat und gerne liest, entdeckt und erobert es eine zweite Welt, das Reich der Buchstaben. Das Land des Lesens ist ein geheimnisvoller, unendlicher Erdteil. Aus Druckerschwärze entstehen Dinge, Menschen, Geister und Götter, die man sonst nicht sehen könnte. Wer noch nicht lesen kann, sieht nur, was greifbar vor seiner Nase liegt oder steht: den Vater, die Türklingel, den Laternenanzünder, das Fahrrad, den Blumenstrauß und, vom Fenster aus, vielleicht den Kirchturm. Wer lesen kann, sitzt über einem Buch und erblickt mit einem Male den Kilimandscharo oder Karl den Großen oder Huckleberry Finn im Gebüsch oder Zeus als Stier, und auf seinem Rücken reitet die schöne Europa. Wer lesen kann, hat ein zweites Paar Augen, und er muß nur aufpassen, daß er sich dabei das erste Paar nicht verdirbt.

Ich las und las und las. Kein Buchstabe war vor mir sicher. Ich las Bücher und Hefte, Plakate, Firmenschilder, Namensschilder, Prospekte, Gebrauchsanweisungen und Grabinschriften, Tierschutzkalender, Speisekarten, Mamas Kochbuch, Ansichtskartengrüße, Paul Schurigs Lehrerzeitschriften, die »Bunten Bilder aus dem Sachsenlande« und die klitschnassen Zeitungsfetzen, worin ich drei Stauden Kopfsalat nach Hause trug.

Ich las, als wär es Atemholen. Als wär ich sonst erstickt. Es war eine fast gefährliche Leidenschaft. Ich las, was ich verstand und was ich nicht verstand. »Das ist nichts für dich«, sagte meine Mutter, »das verstehst du nicht!« Ich las es trotzdem. Und ich dachte: »Verstehen denn die Erwachsenen alles, was sie lesen?« Heute bin ich selber erwachsen und kann die Frage sachverständig beantworten: Auch die Erwachsenen verstehen nicht alles. Und wenn sie nur läsen, was sie verstünden, hätten die Buchdrucker und die Setzer in den Zeitungsgebäuden Kurzarbeit. […]

Umschlagillustration von Horst Lemke

Ein Kind hat Kummer

[…] Meine Eltern waren, aus Liebe zu mir, aufeinander eifersüchtig. Sie suchten es zu verbergen, und oft gelang es ihnen. Doch am schönsten Tag im Jahr gelang es ihnen nicht. Sie nahmen sich sonst, meinetwegen, so gut zusammen, wie sie konnten, doch am Heiligabend konnten sie es nicht sehr gut. Es ging über ihre Kraft. Ich wußte das alles und mußte, uns dreien zuliebe, so tun, als wisse ich's nicht.

Wochenlang, halbe Nächte hindurch, hatte mein Vater im Keller gesessen und, zum Beispiel, einen wundervollen Pferdestall gebaut. Er hatte geschnitzt und genagelt, geleimt und gemalt, Schriften gepinselt, winziges Zaumzeug zugeschnitten und genäht, die Pferdemähnen mit Bändern durchflochten, die Raufen mit Heu gefüllt, und immer noch war ihm, beim Blaken der Petroleumlampe, etwas eingefallen, noch ein Scharnier, noch ein Beschlag, noch ein Haken, noch ein Stallbesen, noch eine Haferkiste, bis er endlich zufrieden schmunzelte und wußte: »Das macht mir keiner nach!«

Ein andermal baute er einen Rollwagen mit Bierfässern, Klappleitern, Rädern mit Naben und Eisenbändern, ein solides Fahrzeug mit Radachsen und auswechselbaren Deichseln, je nachdem, ob ich zwei Pferde oder nur eins einspannen wollte, mit Lederkissen fürs Abladen der Fässer, mit Peitschen und Bremsen am Kutschbock, und auch dieses Spielzeug war ein fehlerloses Meisterstück und Kunstwerk! Es waren Geschenke, bei deren Anblick sogar Prinzen die Hände überm Kopf zusammengeschlagen hätten, aber Prinzen hätte mein Vater sie nicht geschenkt.

Wochenlang, halbe Tage hindurch, hatte meine Mutter die Stadt durchstreift und die Geschäfte durchwühlt. Sie kaufte jedes Jahr Geschenke, bis sich deren Versteck, die Kommode, krumm bog. Sie kaufte Rollschuhe, Ankersteinbaukästen, Buntstifte, Farbtuben, Malbücher, Hanteln und Keulen für den Turnverein, einen Faustball für den Hof, Schlittschuhe, musikalische Wunderkreisel, Wanderstiefel, einen Norwegerschlitten, ein

Kästchen mit Präzisionszirkeln auf blauem Samt, einen Kaufmannsladen, einen Zauberkasten, Kaleidoskope, Zinnsoldaten, eine kleine Druckerei mit Setzbuchstaben und, von Paul Schurig und den Empfehlungen des Sächsischen Lehrervereins angeleitet, viele, viele gute Kinderbücher. Von Taschentüchern, Strümpfen, Turnhosen, Rodelmützen, Wollhandschuhen, Sweatern, Matrosenblusen, Badehosen, Hemden und ähnlich nützlichen Dingen ganz zu schweigen.

Es war ein Konkurrenzkampf aus Liebe zu mir, und es war ein verbissener Kampf. Es war ein Drama mit drei Personen, und der letzte Akt fand, alljährlich, am Heiligabend statt. Die Hauptrolle spielte ein kleiner Junge. Von seinem Talent aus dem Stegreif hing es ab, ob das Stück eine Komödie oder ein Trauerspiel wurde. Noch heute klopft mir, wenn ich daran denke, das Herz bis in den Hals.

Ich saß in der Küche und wartete, daß man mich in die Gute Stube riefe, unter den schimmernden Christbaum, zur Bescherung. Meine Geschenke hatte ich parat: für den Papa ein Kistchen mit zehn oder gar fünfundzwanzig Zigarren, für die Mama einen Schal, ein selbstgemaltes Aquarell oder – als ich einmal nur noch fünfundsechzig Pfennige besaß – in einem Kar-

ton aus Kühnes Schnittwarengeschäft, hübsch verpackt, die sieben Sachen. Die sieben Sachen? Ein Röllchen weißer und ein Röllchen schwarzer Seide, ein Heft Stecknadeln und ein Heft Nähnadeln, eine Rolle weißen Zwirn, eine Rolle schwarzen Zwirn und ein Dutzend mittelgroßer schwarzer Druckknöpfe, siebenerlei Sachen für fünfundsechzig Pfennige. Das war, fand ich, eine Rekordleistung! Und ich wäre stolz darauf gewesen, wenn ich mich nicht so gefürchtet hätte.

Ich stand also am Küchenfenster und blickte in die Fenster gegenüber. Hier und dort zündete man schon die Kerzen an. Der Schnee auf der Straße glänzte im Laternenlicht. Weihnachtslieder erklangen. Im Ofen prasselte das Feuer, aber ich fror. Es duftete nach Rosinenstollen, Vanillezucker und Zitronat. Doch mir war elend zumute. Gleich würde ich lächeln müssen, statt weinen zu dürfen.

Und dann hörte ich meine Mutter rufen: »Jetzt kannst du kommen!« Ich ergriff die hübsch eingewickelten Geschenke für die beiden und trat in den Flur. Die Zimmertür stand offen. Der Christbaum strahlte. Vater und Mutter hatten sich links und rechts vom Tisch postiert, jeder neben seine Gaben, als sei das Zimmer samt dem Fest halbiert. »Oh«, sagte ich, »wie schön!« und meinte beide Hälften. Ich hielt mich noch in der Nähe der Tür, so daß mein Versuch, glücklich zu lächeln, unmißverständlich beiden galt. Der Papa, mit der erloschnen Zigarre im Munde, beschmunzelte den firnisblanken Pferdestall. Die Mama blickte triumphierend auf das Gabengebirge zu ihrer Rechten. Wir lächelten zu dritt und überlächelten unsre dreifache Unruhe. Doch ich konnte nicht an der Tür stehen bleiben! Zögernd ging ich auf den herrlichen Tisch zu, auf den halbierten Tisch, und mit jedem Schritt wuchsen meine Verantwortung, meine Angst und der Wille, die nächste Viertelstunde zu retten. Ach, wenn ich allein gewesen wäre, allein mit den Geschenken und dem himmlischen Gefühl, doppelt und aus zweifacher Liebe beschenkt zu werden! Wie selig wär ich gewesen, und was für ein glückliches Kind! Doch ich mußte meine Rolle spielen, damit das Weihnachtsstück gut ausgehe. Ich war ein Diplomat, erwachsener als meine Eltern, und hatte dafür Sorge zu tragen, daß unsre feierliche Dreierkonferenz unterm Christbaum ohne Mißklang verlief. Ich war, schon mit fünf und sechs Jahren und später erst recht, der Zeremonienmeister des Heiligen Abends und entledigte mich der schweren Aufgabe mit großem Geschick. Und mit zitterndem Herzen.

Ich stand am Tisch und freute mich im Pendelverkehr. Ich freute mich rechts, zur Freude meiner Mutter. Ich freute mich an der linken Tischhälfte über den Pferdestall im allgemeinen. Dann freute ich mich wieder rechts, diesmal über den Rodelschlitten, und dann wieder links, besonders über das Lederzeug. Und noch einmal rechts, und noch einmal links, und nirgends zu lange, und nirgends zu flüchtig. Ich freute mich ehrlich und mußte meine Freude zerlegen und zerlügen. Ich gab beiden je einen Kuß auf die Backe. Meiner Mutter zuerst. Ich verteilte meine Geschenke und begann mit den Zigarren. So konnte ich, während der Papa das Kistchen mit seinem Taschenmesser öffnete und die Zigarren beschnupperte, bei ihr ein wenig länger stehenbleiben als bei ihm. Sie bewunderte ihr Geschenk, und ich drückte sie heimlich an mich, so heimlich, als sei es eine Sünde. Hatte er es trotzdem bemerkt? Machte es ihn traurig?

Nebenan, bei Grüttners, sangen sie: »O du fröhliche, o du selige gnadenbringende Weihnachtszeit!« Mein Vater holte ein Portemonnaie aus der Tasche, das er im Keller zugeschnitten und genäht hatte, hielt es meiner Mutter hin und sagte: »Das hätt ich ja beinahe vergessen!« Sie zeigte auf ihre Tischhälfte, wo für ihn Socken, warme lange Unterhosen und ein Schlips lagen. Manchmal fiel ihnen, erst wenn wir bei Würstchen und Kartoffelsalat saßen, ein, daß sie vergessen hatten, einander ihre Geschenke zu geben. Und meine Mutter meinte: »Das hat ja Zeit bis nach dem Essen.« […]

Mit dreizehn Jahren bestand ich die Aufnahmeprüfung für das Lehrerbildungsseminar und ich trat in das Lehrerseminar des Fletcherchen Internats ein. Jetzt glaube nicht, dass ich dort immer glücklich war, denn die Methoden, mit denen man uns dort erziehen wollte, gefielen mir gar nicht. Ein kalter Schauer läuft mir heute noch über den Rücken, wenn ich daran denke, wie ich einmal weggelaufen bin, meine kranke Mutter zu besuchen, um die ich mich sorgte. Ein solcher Ausgang war uns strengstens untersagt. Aber ich war so voller Angst, dass ich sie einfach sehen musste. Mein Ausflug endete im dunklen Karzer, in den man mich schier endlos einsperrte ... Oft kam ich mir vor wie beim Militär, so streng und voller Drill ging es im Internat zur Sache. Hast du mitgerechnet? Wenn ja, wirst du bemerkt haben, dass wir uns inzwischen in der Zeit befinden, wo sich Deutschland für den ersten Weltkrieg rüstete. Bis dahin hatte ich geglaubt, die Welt sei menschlich und gerecht. Diese Vorstellung wurde nun zerstört! 1914 war er dann da – der Krieg. Die ersten Seminaristen wurden eingezogen. Für manche ward es ein Abschied für immer ...

Primaner in Uniform

Der Rektor trat, zum Abendbrot,
bekümmert in den Saal.
Der Klassenbruder Kern sei tot.
Das war das erste Mal.

Wir saßen bis zur Nacht im Park
und dachten lange nach.
Kurt Kern, gefallen bei Langemarck,
saß zwischen uns und sprach.

Dann lasen wir wieder Daudet und Vergil
und wurden zu Ostern versetzt.
Dann sagte man uns, daß Heimbold fiel
Und Rochlitz sei schwer verletzt.

Herr Rektor Jobst war Theolog
für Gott und Vaterland.
Und jedem, der in den Weltkrieg zog,
gab er zuvor die Hand.

Kerns Mutter machte ihm Besuch.
Sie ging vor Kummer krumm.
Und weinte in ihr Taschentuch
vorm Lehrerkollegium.

Der Rochlitz starb im Lazarett.
Und wir begruben ihn dann.
Im Klassenzimmer hing ein Brett
mit den Namen der Toten daran.

Wir saßen oft im Park am Zaun.
Nie wurde mehr gespaßt.
Inzwischen fiel der kleine Braun.
Und Koßmann wurde vergast.

Der Rektor dankte Gott pro Sieg.
Die Lehrer trieben Latein.
Wir hatten Angst vor diesem Krieg.
Und dann zog man uns ein.

Wir hatten Angst. Und hofften gar,
es spräche einer Halt!
Wir waren damals achtzehn Jahr,
und das ist nicht sehr alt.

Wir dachten an Rochlitz, Braun und Kern.
Der Rektor wünschte uns Glück.
Und blieb mit Gott und den andern Herrn
gefaßt in der Heimat zurück.

Beim Militär

Nach den Ferien wurde ich im Juli 1917 einberufen. Meine Ausbilder zeichneten sich durch besondere Strenge und eine Brutalität aus, die ich lange Zeit nicht vergessen konnte. Die Schikanen des Sergeanten Waurich blieben mir am deutlichsten in Erinnerung:

Sergeant Waurich

Das ist nun ein Dutzend Jahre her,
da war er unser Sergeant.
Wir lernten bei ihm: »Präsentiert das Gewehr!«
Wenn einer umfiel, lachte er
und spuckte vor ihm in den Sand.

»Die Knie beugt!« war sein liebster Satz.
Den schrie er gleich zweihundertmal.
Da standen wir dann auf dem öden Platz
und beugten die Knie wie die Goliaths
und lernten den Haß pauschal.

Und wer schon auf allen vieren kroch,
dem riß er die Jacke auf
und brüllte: »Du Luder frierst ja noch!«
Und weiter ging's. Man machte doch
in Jugend Ausverkauf …

Er hat mich zum Spaß durch den Sand gehetzt
und hinterher lauernd gefragt:
»Wenn du nun meinen Revolver hättst –
brächtst du mich um, gleich hier und gleich jetzt?«
Da hab ich »Ja!« gesagt.

Wer ihn gekannt hat, vergißt ihn nie.
Den legt man sich auf Eis!
Er war ein Tier. Und er spie und schrie.
Und Sergeant Waurich hieß das Vieh,
damit es jeder weiß.

Der Mann hat mir das Herz versaut.
Das wird ihm nie verziehn.
Es sticht und schmerzt und hämmert laut.
Und wenn mir nachts vorm Schlafen graut,
dann denke ich an ihn.

Was soll ich noch dazu sagen? Aus dem jungen Seminaristen Erich Kästner wurde ein Mann. Ein Mann, der dem Krieg als Gegner gegenüberstand.

Außerdem beschäftigte mich ein weiteres Problem. Während meiner ersten Versuche, als Lehrer tätig zu sein, hatte ich bemerkt, dass ich viel lieber selbst lernte, als andere zu belehren. Kannst du dir vorstellen, was in mir vorging? Wie sollte ich das meiner Mutter beibringen? Wie konnte ich ihr sagen, dass ich kein Lehrer werden wollte? Kaum war ich dem Schießplatz und dem Militär entkommen, wartete diese Entscheidung auf mich. Aber es kam anders. Während mein Vater geschockt auf diese Nachricht reagierte, stand meine Mutter auf meiner Seite und erlaubte mir zu studieren.

Ich wechselte also auf das König Georg Gymnasium und schloss mit einem hervorragenden Abitur ab. Stell dir vor, ich erhielt sogar das Goldene Stipendium der Stadt Dresden. Das bedeutete, dass ich studieren durfte – allerdings musste die Universität in Sachsen sein. Also folge mir und meinen Erinnerungen jetzt nach Leipzig!

Mein geliebtes Muttchen und ich

Mein Weg vom Hörsaal in die Zeitungsredaktion.

STUDIENZEIT IN LEIPZIG (1919–1927)

Hier angekommen, galt meine ganze Aufmerksamkeit zunächst nur dem Studium der Germanistik und der Geschichtswissenschaft. Man kann sagen, ich war einfach hungrig und begierig nach neuem Wissen! Doch bald merkte ich, womit meine Studienstadt aufwarten konnte!

So schwer es mir auch fiel, meine Heimatstadt Dresden und insbesondere meine Mutter zu verlassen, so war doch Leipzig für mich das Hier und Jetzt – meine neue Wirklichkeit. Ich genoss die Stadt und ihr pulsierendes Leben! Leipzig hatte einfach mehr zu bieten: eine altehr-

Meine Universität in Leipzig

würdige Universität, die Leipziger Messe, Tageszeitungen, Illustrierte, Theater, Kabarett ... Und da Dresden und Leipzig ja nicht allzu weit voneinander entfernt waren, riss auch das Band zwischen meiner Mutter und mir nicht ab. Im Gegenteil! Sie wusch meine Wäsche und von Beginn meines Studiums an traten wir beide in einen regen Briefwechsel. Ich konnte ihr alles erzählen, entschuldige – schreiben natürlich. All meine Sorgen und Erfolge, ja sogar meine Liebesgeschichten vertraute ich ihr an. Es verging kaum ein Tag, an dem ich ihr nicht schrieb. War keine Zeit für einen Brief, dann zumindest für eine Ansichtskarte. Und meine Mutter tat es mir gleich. Treu antwortete sie mir Tag um Tag. Oft fragte ich mich, wie sie das neben der vielen Arbeit im Haushalt schaffte. Du findest das sonderbar? Warum? Weil ich schon erwachsen war? Nein! – Für mich gehörte es einfach dazu und, würde meine Mutter heute noch leben, sicher wäre unser Briefband bis heute nicht abgerissen. Sie schrieb mir, wie ich mich anziehen sollte, sorgte sich, dass ich genug zu essen hatte und nicht zu viel rauchte. Und manchmal, wenn sie meinte, es sei an der Zeit, kam sie nach Leipzig, um nach dem Rechten zu sehen. Nach einem »Muttchenbesuch« schrieb ich ihr sofort:*

24. Sept. 1926

Mein liebes gutes Muttchen!

... Hier hat sich inzwischen nichts Neues ereignet. Gestern hatte ich wieder meine albernen Kopfschmerzen, heute früh lag der Zettel vom Geldbriefträger da, und ich will mir nachher die Moneten abholen. Bin gespannt, wieviel es ist. Und heute zu Mittag hab ich in der kleinen Bierspelunke am Johannisplatz für 1,80 M eine hübsche Portion Gänsebraten verzehrt. War bißchen hart. Sonst aber gut.

* Muttchenbriefe, 24.9.1926, S. 25

... Die Hüblerschen dachten, Du wärest bestimmt noch da. Sie haben nicht geschlafen. Ich hab also Grüße und Dank von Dir ausgerichtet. Aber vielleicht schreibst Du ihnen doch noch eine Karte, damit sie ganz glücklich sind ...

An Ilse hab ich gestern geschrieben. Den üblichen sachlichen Brief. Lange mach ich das nicht mehr mit. Es hat keinen Zweck.

Sag mal, Du Muttchen Du: darf ich Dir dieser Tage bißchen Kleingeld schicken? Denn siehst Du: es ist schon der 24. Von der Decke hab ich noch Geld einstecken und krieg nachher schon wieder welches. Das wird unmöglich alle bis zum 1. Oktober. Und Du hast hier soviel ausgegeben! Einverstanden?

Ich sitz jetzt bei Felsche und will nun zur Post trotteln, um daselbst zum reichen Manne zu werden.

Meinem Muttchen 1000 Grüßchen und Küßchen
Dein Junge

Meine Eltern wussten, dass meine finanziellen Mittel knapp waren. Mein Traum von einem Studium ohne finanzielle Not war schnell zerplatzt. Die Inflation machte auch vor Leipzig nicht halt. Da waren die Ersparnisse meiner Eltern und die Finanzspritze durch mein Stipendium schnell nichts mehr wert. Was blieb mir übrig? Allein vom fleißig Studieren wurde man nicht satt. Also musste ich mir zum Lebensunterhalt etwas dazuverdienen. So arbeitete ich z. B. in der Buchhaltung eines Baugeschäftes oder suchte mir zu Messezeiten abwechslungsreiche Messe-Jobs. Nein – das Lernen kam nicht zu kurz! Wie es sich für einen Germanisten gebührte, lernte ich unter anderem alte deutsche Geschichte und Literatur, beschäftigte mich mit Goethe und Lessing, Sprach- und Literaturgeschichte und fand großes Gefallen an der Theaterwissenschaft. In meinem ersten Studienjahr erschienen in einer Sammlung mit dem Titel »Dichtungen Leipziger Studenten« drei Gedichte aus meiner Feder. Besonderen Anklang bei den Herren Professoren fanden aber meine Theaterrezensionen.

Und die Liebe? Du hast recht, auch die spielte in meinem Leben als junger Student in einer großen Stadt eine nicht unwichtige Rolle. Lies mein Gedicht, welches ich später in Erinnerung an Ilse Julius schrieb, nachdem wir uns nach achtjähriger Beziehung getrennt hatten:

Sachliche Romanze

Als sie einander acht Jahre kannten
(und man darf sagen: sie kannten sich gut),
kam ihre Liebe plötzlich abhanden.
Wie andern Leuten ein Stock oder Hut.

Sie waren traurig, betrugen sich heiter,
versuchten Küsse, als ob nichts sei,
und sahen sich an und wußten nicht weiter.
Da weinte sie schließlich. Und er stand dabei.

Vom Fenster aus konnte man Schiffen winken.
Er sagte, es wäre schon Viertel nach Vier
und Zeit, irgendwo Kaffee zu trinken.
Nebenan übte ein Mensch Klavier.

Sie gingen ins kleinste Café am Ort
und rührten in ihren Tassen.
Am Abend saßen sie immer noch dort.
Sie saßen allein, und sie sprachen kein Wort
und konnten es einfach nicht fassen.

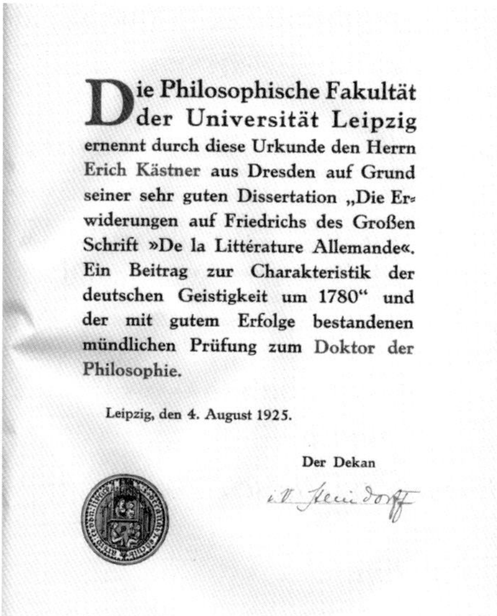

Die Philosophische Fakultät der Universität Leipzig ernennt durch diese Urkunde den Herrn Erich Kästner aus Dresden auf Grund seiner sehr guten Dissertation „Die Erwiderungen auf Friedrichs des Großen Schrift »De la Littérature Allemande«. Ein Beitrag zur Charakteristik der deutschen Geistigkeit um 1780“ und der mit gutem Erfolge bestandenen mündlichen Prüfung zum Doktor der Philosophie.

Leipzig, den 4. August 1925.

Der Dekan

Meine Promotionsurkunde

Ich als Student

Aber zurück zum Studenten Erich Kästner. Im Sommersemester 1921 studierte ich ein halbes Jahr in Rostock, im Wintersemester 1921/22 war ich in Berlin eingeschrieben. In einer Zeit voller Armut, Kälte und Kohleknappheit bereitete ich mich dort auf meine Doktorarbeit vor.

1922, zurück in Leipzig, erreichte mich der Brief eines bekannten Professors, der mir eine Doktorandenstelle anbot, bei der ich wenigstens ein wenig Geld verdienen konnte. Ab jetzt war ich übrigens nicht nur Student, sondern gleichzeitig journalistisch und literarisch tätig. Ich bekam eine Stelle als Redakteur beim *Leipziger Tageblatt*. Man sah mich häufig in Leipziger Cafés. Dort saß ich, so wie jetzt mit dir, und schrieb ...

Nachdem ich im August 1925 den Doktorgrad der Philosophie erworben hatte, verbrachte ich noch mehr Zeit in der Redaktion. Das erste wirkliche Geldverdienen hatte begonnen. Jetzt schrieb ich bereits für das *Leipziger Tageblatt* und die *Neue Leipziger Zeitung*.

Von meinem ersten Gehalt verreiste ich mit meinem stolzen Muttchen in die Schweiz.

Aber das Schicksal schlug erneut zu. Anfang 1927 schrieb ich das Gedicht »Nachtgesang des Kammervirtuosen«, welches mein Freund, der Zeichner Erich Ohser, lustig illustrierte.

Nachtgesang des Kammervirtuosen

Du meine Neunte letzte Sinfonie!
Wenn du das Hemd anhast mit rosa Streifen…
Komm wie ein Cello zwischen meine Knie,
und laß mich zart in deine Seiten greifen!

Laß mich in deinen Partituren blättern.
(Sie sind voll Händel, Graun und Tremolo.)
Ich möchte dich in alle Winde schmettern,
du meiner Sehnsucht dreigestrichnes Oh!

Komm, laß uns durch Oktavengänge schreiten!
(Das Furioso, bitte, noch einmal!)
Darf ich dich mit der linken Hand begleiten?
Doch beim Crescendo etwas mehr Pedal!

Oh deine Klangfigur! Oh die Akkorde!
Und der Synkopen rhythmischer Kontrast!
Nun senkst du deine Lider ohne Worte …
Sag einen Ton, falls du noch Töne hast!

Ja gut – das Gedicht war vielleicht zu frivol, zu freizügig für seine Zeit. Die ehrwürdigen Herren der *Neuen Leipziger Zeitung* waren jedenfalls so entsetzt darüber, dass ich Beethovens 9. Sinfonie in ein solches Licht rückte ... Kurzerhand entließ man uns. Doch alles Negative birgt oft auch Positives in sich! Was zunächst wie ein Desaster aussah, entpuppte sich als ein Glückstreffer! Denn ich beschloss daraufhin, nach Berlin zu gehen. Du weißt ja inzwischen, dass ich alle wichtigen Entscheidungen mit meiner Mutter absprach und ihr alles anvertraute. Und so schrieb ich ihr in einem Brief, dass Berlin »der einzige Boden in Deutschland [sei], wo was los ist«!*

Ob sich dies bestätigte? Ob ich in Berlin Erfolg hatte und mein Glück fand? Höre weiter und folge mir in unsere Hauptstadt Berlin!

* Muttchenbriefe, 3.1.1927, S. 47

Ich schrieb und schrieb.

MEINE JAHRE IN BERLIN (1927–1945)

In Leipzig wurde ich also von den Kleingeistern in der Redaktion, den »Philistern«, gefeuert. Dennoch durfte ich von Berlin aus – offenbar war in Leipzig schon meine pure Anwesenheit unerwünscht – weiterhin für die *Neue Leipziger Zeitung* arbeiten. Werde ich in Berlin gefeiert werden? Schlechte Zeiten – Gute Zeiten?

Ich hatte mir schon einen »Plan« zurechtgemacht:

*Wenn ich 30 Jahr bin, will ich, daß man meinen Namen kennt. Bis 35 will ich anerkannt sein. Bis 40 sogar ein bißchen berühmt. Obwohl das Berühmtsein gar nicht so wichtig ist. Aber es steht nun mal auf meinem Programm. Also muß es eben klappen! Einverstanden? …**

Das schrieb ich schon im November 1926 meiner Mutter, noch von Leipzig aus.

1927 also Berlin. Hauptstadt. Weltstadt. Kultureller Mittelpunkt. Walter Benjamin, Gottfried Benn, Alfred Döblin, Hans Fallada, Lion Feuchtwanger, Ernst Glaeser, Alfred Kerr, Egon Erwin Kirsch, Oskar Loerke, Heinrich Mann, Erich Ohser, Carl von Ossietzky, Walter Trier, Kurt Tucholsky …

Viele wurden echte Freunde, auf die ich mich verlassen konnte.

---

* Muttchenbriefe, 26.11.1926, S. 47

Auch ich bin ein Berliner.

Ich schrieb und schrieb und schrieb. Natürlich Theaterkritiken, Feuilleton-Beiträge unter anderem für den *Montag Morgen*, die *Vossische Zeitung*, das *Berliner Tageblatt*, die *Weltbühne* … Ja, es dürften von mir so 500 Zeitungsartikel zwischen 1927 und 1933 gewesen sein. Leider habe ich einen Großteil im Krieg verloren.

Lyrik – meine große Leidenschaft

Meine zweite große Liebe galt dem Gedicht. Lyrik – meine große Leidenschaft. Zugegeben, mit Gedichten, die auf mich überladen und schwulstig wirkten, konnte ich nicht viel anfangen! Lyrik, die die Sorgen und Bekümmernisse der Zeitgenossen benennt und auch ihre Freuden kennt, war mir da schon lieber.

Also Gebrauchslyrik. Lyrik zum täglichen In-Gebrauch-Nehmen. Lyrik wird zum Trost. Zur Freude. Zum Nachdenken. Zum Schmunzeln. Zum Grübeln. Die Themen aus dem Leben der kleinen Leute. Von der Wiege bis zur Bahre.

Kostproben gefällig?
Ich machte mir große Gedanken um meine Zeit:

Die Zeit fährt Auto

Die Städte wachsen. Und die Kurse steigen.
Wenn jemand Geld hat, hat er auch Kredit.
Die Konten reden. Die Bilanzen schweigen.
Die Menschen sperren aus. Die Menschen streiken.
Der Globus dreht sich. Und wir drehn uns mit.

Die Zeit fährt Auto. Doch kein Mensch kann lenken.
Das Leben fliegt wie ein Gehöft vorbei.
Minister sprechen oft vom Steuersenken.
Wer weiß, ob sie im Ernste daran denken?
Der Globus dreht sich und geht nicht entzwei.

Die Käufer kaufen. Und die Händler werben.
Das Geld kursiert, als sei das seine Pflicht.
Fabriken wachsen, und Fabriken sterben.
Was gestern war, geht heute schon in Scherben.
Der Globus dreht sich. Doch man sieht es nicht.

Weihnachtslied, chemisch gereinigt

(Nach der Melodie: »Morgen, Kinder, wird's was geben!«)

Morgen, Kinder, wird's nichts geben!
Nur wer hat, kriegt noch geschenkt.
Mutter schenkte euch das Leben.
Das genügt, wenn man's bedenkt.
Einmal kommt auch eure Zeit.
Morgen ist's noch nicht so weit.

Doch ihr dürft nicht traurig werden.
Reiche haben Armut gern.
Gänsebraten macht Beschwerden.
Puppen sind nicht mehr modern.
Morgen kommt der Weihnachtsmann.
Allerdings nur nebenan.

Lauft ein bißchen durch die Straßen!
Dort gibt's Weihnachtsfest genug.
Christentum, vom Turm geblasen,
macht die kleinsten Kinder klug.
Kopf gut schütteln vor Gebrauch!
Ohne Christbaum geht es auch.

Tannengrün mit Osrambirnen –
lernt drauf pfeifen! Werdet stolz!
Reißt die Bretter von den Stirnen,
denn im Ofen fehlt's an Holz!
Stille Nacht und heil'ge Nacht –
weint, wenn's geht, nicht! Sondern lacht!

Morgen, Kinder, wird's nichts geben!
Wer nichts kriegt, der kriegt Geduld!
Morgen, Kinder, lernt fürs Leben!
Gott ist nicht allein dran schuld.
Gottes Güte reicht so weit …
Ach, du liebe Weihnachtszeit!

Die andre Möglichkeit

Wenn wir den Krieg gewonnen hätten,
mit Wogenprall und Sturmgebraus,
dann wäre Deutschland nicht zu retten
und gliche einem Irrenhaus.

Man würde uns nach Noten zähmen
wie einen wilden Völkerstamm.
Wir sprängen, wenn Sergeanten kämen,
vom Trottoir und stünden stramm.

Wenn wir den Krieg gewonnen hätten,
dann wären wir ein stolzer Staat.
Und preßten noch in unsern Betten
die Hände an die Hosennaht.

Die Frauen müßten Kinder werfen.
Ein Kind im Jahre. Oder Haft.
Der Staat braucht Kinder als Konserven.
Und Blut schmeckt ihm wie Himbeersaft.

Wenn wir den Krieg gewonnen hätten,
dann wär der Himmel national.
Die Pfarrer trügen Epauletten.
Und Gott wär deutscher General.

Die Grenze wär ein Schützengraben.
Der Mond wär ein Gefreitenknopf.
Wir würden einen Kaiser haben
und einen Helm statt einem Kopf.

Wenn wir den Krieg gewonnen hätten,
dann wäre jedermann Soldat.
Ein Volk der Laffen und Lafetten!
Und ringsherum wär Stacheldraht!

Dann würde auf Befehl geboren.
Weil Menschen ziemlich billig sind.
Und weil man mit Kanonenrohren
allein die Kriege nicht gewinnt.

Dann läge die Vernunft in Ketten.
Und stünde stündlich vor Gericht.
Und Kriege gäb's wie Operetten.
Wenn wir den Krieg gewonnen hätten –
zum Glück gewannen wir ihn nicht!

Dieses Gedicht, das nach dem Weltkrieg »römisch Eins« entstand, erwarb sich damals, außer verständlichen und selbstverständlichen Feindschaften, auch unvermutete Feinde. Das »Zum Glück« der letzten Zeile wurde für eine Art Jubelruf gehalten und war doch eine sehr, sehr bittere Bemerkung. Nun haben wir schon wieder einen Krieg verloren, und das Gedicht wird noch immer mißverstanden werden.

Und ich schrieb Gedichte über alltägliche Befindlichkeiten:

Das Verhängnis

Das ist das Verhängnis:
Zwischen Empfängnis
und Leichenbegängnis
nichts als Bedrängnis.

Eine Mutter zieht Bilanz

Mein Sohn schreibt mir so gut wie gar nicht mehr.
Das heißt, zu Ostern hat er mir geschrieben.
Er denke gern an mich zurück, schrieb er, und würde mich,
wie stets, von Herzen lieben.

Das letztemal, als wir uns beide sahn,
das war genau vor zweidreiviertel Jahren.
Ich stehe manchmal an der Eisenbahn,
wenn Züge nach Berlin – dort wohnt er – fahren.

Und einmal kaufte ich mir ein Billett
und wäre beinah nach Berlin gekommen!
Doch dann begab ich mich zum Schalterbrett.
Dort hat man das Billett zurückgenommen.

Seit einem Jahr, da hat er eine Braut.
Das Bild von ihr will er schon lange schicken.
Ob er mich kommen läßt, wenn man sie traut?
Ich würde ihnen gern ein Kissen sticken.

Man weiß nur nicht, ob ihr sowas gefällt …
Ob sie ihn wohl, wie er's verdiente, liebt?
Mir ist manchmal so einzeln auf der Welt.
Ob es auch zärtlichere Söhne gibt?

Wie war das schön, als wir zusammen waren!
Im gleichen Haus … Und in der gleichen Stadt …
Nachts lieg ich wach und hör die Züge fahren.
Ob er noch immer seinen Husten hat?

Ich hab von ihm noch ein Paar Kinderschuhe.
Nun ist er groß und läßt mich so allein.
Ich sitze still und habe keine Ruhe.
Am besten wär's, die Kinder blieben klein.

Kurzgefaßter Lebenslauf

Wer nicht zur Welt kommt, hat nicht viel verloren.
Er sitzt im All auf einem Baum und lacht.
Ich wurde seinerzeit als Kind geboren,
eh ich's gedacht.

Die Schule, wo ich viel vergessen habe,
bestritt seitdem den größten Teil der Zeit.
Ich war ein patentierter Musterknabe.
Wie kam das bloß? Es tut mir jetzt noch leid.

Dann gab es Weltkrieg, statt der großen Ferien.
Ich trieb es mit der Fußartillerie.
Dem Globus lief das Blut aus den Arterien.
Ich lebte weiter. Fragen Sie nicht, wie.

Bis dann die Inflation und Leipzig kamen;
mit Kant und Gotisch, Börse und Büro,
mit Kunst und Politik und jungen Damen.
Und sonntags regnete es sowieso.

Nun bin ich zirka 31 Jahre
und habe eine kleine Versfabrik.
Ach, an den Schläfen blühn schon graue Haare,
und meine Freunde werden langsam dick.

Ich setze mich sehr gerne zwischen Stühle.
Ich säge an dem Ast, auf dem wir sitzen.
Ich gehe durch die Gärten der Gefühle,
die tot sind, und bepflanze sie mit Witzen.

Auch ich muß meinen Rucksack selber tragen!
Der Rucksack wächst. Der Rücken wird nicht breiter.
Zusammenfassend läßt sich etwa sagen:
Ich kam zur Welt und lebe trotzdem weiter.

Tagebuch eines Herzkranken

Der erste Doktor sagte:
»Ihr Herz ist nach links erweitert.«
Der zweite Doktor klagte:
»Ihr Herz ist nach rechts verbreitert.«
Der dritte machte ein ernstes Gesicht und sprach:
»Herzerweiterung haben Sie nicht.«
Na ja.

Der vierte Doktor klagte:
»Die Herzklappen sind auf dem Hund.«
Der fünfte Doktor sagte:
»Die Klappen sind völlig gesund.«
Der sechste machte die Augen groß
und sprach: »Sie leiden an Herzspitzenstoß.«
Na ja.

Der siebente Doktor klagte:
»Die Herzkonfiguration ist mitral. «
Der achte Doktor sagte:
»Ihr Röntgenbild ist durchaus normal.«
Der neunte Doktor staunte und sprach:
»Ihr Herz geht dreiviertel Stunden nach.«
Na ja.

Was nun der zehnte Doktor spricht,
das kann ich leider nicht sagen,
denn bei dem zehnten, da war ich noch nicht.
Ich werde ihn nächstens fragen.
Neun Diagnosen sind vielleicht schlecht,
aber die zehnte hat sicher recht.
Na ja.

Nicht zuletzt schrieb ich Gedichte über menschliche Gefühle, Liebe, Einsamkeit …

Atmosphärische Konflikte

Die Bäume schielen nach dem Wetter.
Sie prüfen es. Dann murmeln sie:
»Man weiß in diesem Jahre nie,
ob nu raus mit die Blätter
oder rin mit die Blätter
oder wie!«

Aus Wärme wurde wieder Kühle.
Die Oberkellner waren blaß
und fragten ohne Unterlaß:
»Also, raus mit die Stühle
oder rin mit die Stühle
oder was? «

Die Pärchen meiden nachts das Licht.
Sie hocken Probe auf den Bänken
in den Alleen, wobei sie denken:
»Raus mit die Gefühle oder
rin mit die Gefühle
oder nicht?«

Der Lenz geht diesmal auf die Nerven
und gar nicht, wie es heißt, ins Blut.
Wer liefert Sonne in Konserven?
Na, günstigen Falles
wird doch noch alles
gut.

Es ist schon warm. Wird es so bleiben?
Die Knospen springen im Galopp.
Und auch das Herz will Blüten treiben.
Drum, raus mit die Stühle
und rin mit die Gefühle,
als ob!

Junger Mann, 5 Uhr morgens

*Wenn ich dich früh verlasse,
tret ich aus deinem Haus
still auf die kahle, blasse,
öde Straße hinaus.*

*In dem Geäst sind Spatzen
zänkisch beim ersten Lied.
Drunter hocken zwei Katzen,
hölzern vor Appetit.*

*Wirst du noch lange weinen?
Oder ob du schon schläfst?
Wenn du doch endlich einen
bessern Menschen träfst.*

*In dem Laden, beim Bäcker,
wird der Kuchen zu Stein.
Wütend erwacht ein Wecker,
brüllt und schläft wieder ein.*

*Noch ist die große Pause
zwischen der Nacht und dem Tag.
Und ich geh nach Hause,
weil ich mich nicht mag.*

*Noch brennt hinter deinen
Fenstern etwas Licht.
Wirst du noch lange weinen?
Bald wird die Sonne scheinen.
Aber sie scheint noch nicht.*

Apropos, Einsamkeit!

Man kann mitunter scheußlich einsam sein!
Da hilft es nichts, den Kragen hochzuschlagen
und vor Geschäften zu sich selbst zu sagen:
Der Hut da drin ist hübsch, nur etwas klein …

Da hilft es nichts, in ein Café zu gehn
und aufzupassen, wie die andren lachen.
Da hilft es nichts, ihr Lachen nachzumachen.
Es hilft auch nicht, gleich wieder aufzustehn.

Da schaut man seinen eignen Schatten an.
Der springt und eilt, um sich nicht zu verspäten,
und Leute kommen, die ihn kühl zertreten.
Da hilft es nichts, wenn man nicht weinen kann.

Da hilft es nichts, mit sich nach Haus zu fliehn
und, falls man Brom zu Haus hat, Brom zu nehmen.
Da nützt es nichts, sich vor sich selbst zu schämen
und die Gardinen hastig vorzuziehn.

Da spürt man, wie es wäre: Klein zu sein.
So klein wie nagelneue Kinder sind!
Dann schließt man beide Augen und wird blind.
Und liegt allein …

Sogenannte Klassefrauen

Sind sie nicht pfui teuflisch anzuschauen?
Plötzlich färben sich die »Klassefrauen«,
weil es Mode ist, die Nägel rot!
Wenn es Mode wird, sie abzukauen
oder mit dem Hammer blauzuhauen,
tun sie's auch. Und freuen sich halbtot.

Wenn es Mode wird, die Brust zu färben
oder, falls man die nicht hat, den Bauch …
Wenn es Mode wird, als Kind zu sterben
oder sich die Hände gelbzugerben,
bis sie Handschuhn ähneln, tun sie's auch.

Wenn es Mode wird, sich schwarzzuschmieren …
Wenn verrückte Gänse in Paris
sich die Haut wie Chinakrepp plissieren …
Wenn es Mode wird, auf allen vieren
durch die Stadt zu kriechen, machen sie's.

Wenn es gälte, Volapük zu lernen
und die Nasenlöcher zuzunähn
und die Schädeldecke zu entfernen
und das Bein zu heben an Laternen –
morgen könnten wir's bei ihnen sehn.

Denn sie fliegen wie mit Engelsflügeln
immer auf den ersten besten Mist.
Selbst das Schienbein würden sie sich bügeln!
Und sie sind auf keine Art zu zügeln,
wenn sie hören, daß was Mode ist.

Wenn's doch Mode würde, zu verblöden!
Denn in dieser Hinsicht sind sie groß.
Wenn's doch Mode würde, diesen Kröten
jede Öffnung einzeln zuzulöten!
Denn dann wären wir sie endlich los.

Meine wichtigsten Gedichtbände waren: »Herz auf Taille« (1928), »Lärm im Spiegel« (1929), »Ein Mann gibt Auskunft« (1930) und »Gesang zwischen den Stühlen« (1932).

Und plötzlich begann ich, mein erstes Kinderbuch zu schreiben

1929 veröffentlichte ich mein erstes Kinderbuch: »**Emil und die Detektive**«. Es sollte ein Welterfolg werden. Als Buch. Als Theaterstück. Als Film. Die Umstände, wie ich zum Schreiben für Kinder kam, waren indes äußerst merkwürdig. Edith Jacobsohn, die nicht nur die renommierte Zeitschrift *Weltbühne* herausbrachte, sondern auch Besitzerin des bekannten Kinderbuchverlages *Williams und Co.* war, animierte mich, ein Kinderbuch zu schreiben – und ich sagte zu. In diesem Buch zeige ich, wie wichtig die Rolle der Gruppe ist. Kinder nehmen – ohne Hilfe der Erwachsenen – ihr Schicksal selbst in die Hand – und meistern es. Und die Kinder reden, wie ihnen der Schnabel gewachsen ist: in ihrer Jugendsprache, in ihrer Umgangssprache … So auch im letzten Kapitel des Romans. Spür einmal meiner Ironie nach:

Emil und die Detektive
AUSZUG

Achtzehntes Kapitel

Läßt sich daraus was lernen?

Gegen Abend verabschiedeten sich die Jungen. Und Emil mußte ihnen hoch und heilig versprechen, am nächsten Nachmittag mit Pony Hütchen zum Professor zu kommen. Dann lief Onkel Heimbold ein, und es wurde gegessen. Hinterher gab er der Schwägerin, Frau Tischbein, die tausend Mark und riet ihr, das Geld auf eine Bank zu schaffen.

Umschlagillustration von Walter Trier

»Das war sowieso meine Absicht«, sagte die Friseuse.

»Nein!« rief Emil. »Da macht mir das Zeug gar keinen Spaß. Mutter soll sich einen Trockenapparat kaufen und einen Mantel, der mit Pelz gefüttert ist. Ich weiß gar nicht, was ihr wollt! Das Geld gehört doch mir. Damit kann ich machen, was ich will! Oder nicht?«

»Damit kannst du gar nicht machen, was du willst«, erklärte Onkel Heimbold. »Du bist doch ein Kind. Und die Entscheidung, was mit dem Geld geschehen soll, hat deine Mutter zu treffen.«

Emil stand vom Tisch auf und trat ans Fenster.

»Alle Wetter, Heimbold, bist du ein Dickschädel«, sagte Pony Hütchen zu ihrem Vater. »Siehst du denn nicht, daß

Emil sich so darauf freut, seiner Mutter was zu schenken? Ihr Erwachsenen seid manchmal kolossal hart verpackt.«

»Natürlich kriegt sie den Trockenapparat und den Mantel«, meinte die Großmutter. »Aber was übrigbleibt, das wird auf die Bank geschafft, nicht wahr, mein Junge?«

»Jawohl«, antwortete Emil. »Bist du einverstanden, Muttchen? «

»Wenn du durchaus willst, du reicher Mann!«

»Wir gehen gleich morgen früh einkaufen. Pony, du kommst mit!« rief Emil zufrieden.

»Denkst du vielleicht, ich fange inzwischen Fliegen?« sagte die Kusine. »Aber du mußt dir auch was kaufen. Natürlich soll Tante Tischbein ihren Haartrockner kriegen, aber du wirst dir 'n Rad kaufen, verstanden, damit du deinen Kusinen die Räder nicht kaputt zu fahren brauchst.«

»Emil«, fragte Frau Tischbein besorgt, »hast du Ponys Rad kaputt gemacht?«

»I wo, Mutter, ich hab mir bloß den Sattel ein bißchen höher gestellt, sie fährt immer auf so 'nem ganz niedrigen, bloß aus Afferei, um wie eine Rennfahrerin auszusehen.«

»Selber Affe«, rief Hütchen, »wenn du noch mal mein Rad verstellst, ist es mit uns beiden aus, verstanden.«

»Wenn du nicht ein Mädchen wärst und dünn wie eine Strippe, würde ich dich mal Moritz lehren, mein Kind. Außerdem will ich mich heute nicht ärgern, aber was ich mir von dem Geld kaufe oder nicht kaufe, geht dich gar nichts an.« Und Emil steckte bockig beide Fäuste in die Hosentaschen.

»Zankt euch nicht, haut euch nicht, kratzt euch lieber die Augen aus«, meinte die Großmutter beruhigend. Und das Thema wurde fallengelassen.

Später brachte Onkel Heimbold den Hund hinunter. Das heißt: Heimbolds hatten gar keinen Hund, aber Pony nannte es immer so, wenn der Vater abends ein Glas Bier trinken ging.

Dann saßen die Großmutter und die beiden Frauen und Pony Hütchen und Emil in der Stube und sprachen über die vergangenen Tage, die so aufregend gewesen waren.

»Nun, vielleicht hat die Geschichte auch ihr Gutes gehabt«, sagte Tante Martha.

»Natürlich«, meinte Emil. »Eine Lehre habe ich bestimmt daraus gezogen: Man soll keinem Menschen trauen.«

Und seine Mutter meinte: »Ich habe gelernt, daß man Kinder niemals allein verreisen lassen soll.«

»Quatsch!« brummte die Großmutter. »Alles verkehrt!«

»Quatsch, Quatsch, Quatsch!« sang Pony Hütchen und ritt auf einem Stuhl durchs Zimmer.

»Du meinst also, aus der Sache ließe sich gar nichts lernen?« fragte Tante Martha.

»Doch«, behauptete die Großmutter.

»Was denn?« fragten die anderen wie aus einem Munde.

»Geld soll man immer nur per Postanweisung schicken«, brummte die Großmutter und kicherte wie eine Spieldose.

»Hurra!« rief Pony Hütchen und ritt auf ihrem Stuhl ins Schlafzimmer.

Ironie, Verhältnisse umkehren, Kinder zu selbstbewussten Menschen anzuleiten – das war mir auch in »**Pünktchen und Anton**« (1931) wichtig. Das reiche Kind unterstützt ein armes Kind. Ein Mädchen einen Jungen. Ein mutiges Mädchen, ohne Angst vor Lehrerzimmern:

Umschlagillustration von Walter Trier

Pünktchen und Anton
AUSZUG

Achtes Kapitel

Herrn Bremser geht ein Licht auf

Freitags kam Pünktchen eine Stunde früher als sonst aus der Schule. Direktor Pogge wußte das und schickte den Schofför mit dem Auto hin, daß er das Mädchen mit dem Wagen heimführe. Um diese Zeit brauchte er das Auto noch nicht, und Pünktchen fuhr so gern im Auto.

Der Schofför legte die Hand an die Mütze, als sie aus dem Portal der Schule trat, und öffnete den Schlag. Sie lief auf ihn zu und gab ihm begeistert die Hand. »Tag, Herr Hollack«, sagte sie. Die andern kleinen Mädchen freuten sich schon. Denn wenn Pünktchen Pogge mit dem Wagen abgeholt wurde, durften stets so viele mitfahren, wie hineingingen. Heute aber drehte sich Pünktchen auf dem Trittbrett herum, blickte alle betrübt an und sagte: »Kinders, nehmt mir's nicht übel, ich fahre allein.« Da standen nun die andern vorm Auto wie die begossenen Pudel. »Ich habe etwas Wichtiges vor«, erklärte Pünktchen. »Und da wärt ihr mir nur im Wege.« Dann setzte sie sich ganz allein in das große Auto, nannte dem Schofför eine Adresse, er stieg auch ein, fort ging's, und zwanzig kleine Mädchen blickten traurig hinter dem schönen Auto her.

Nach ein paar Minuten hielt der Wagen vor einem großen Gebäude, und das war schon wieder eine Schule!

»Lieber Herr Hollack«, sagte Pünktchen, »einen kleinen Moment, wenn ich bitten dürfte.« Herr Hollack nickte, und Pünktchen lief rasch die Stufen hinan. Es war noch Pause. Sie kletterte in die erste Etage und fragte einen Jungen, wo das Lehrerzimmer sei. Er führte sie hin. Sie klopfte. Weil niemand öffnete, klopfte sie noch einmal, und zwar ziemlich heftig.

Da ging die Tür auf. Ein großer, junger Herr stand vor ihr und kaute eine Stulle.

»Schmeckt's?« fragte Pünktchen.

Er lachte. »Und was willst du noch wissen?«

»Ich beabsichtige, Herrn Bremser zu sprechen«, erklärte sie. »Mein Name ist Pogge.«

Der Lehrer kaute hinter und sagte dann: »Na, da komm mal rein.« Sie folgte ihm, und sie kamen in ein großes Zimmer mit vielen Stühlen. Auf jedem der vielen Stühle saß ein Lehrer, und Pünktchen kriegte bei diesem schauerlich schönen Anblick Herzklopfen. Ihr Begleiter führte sie ans Fenster, dort lehnte ein alter, dicker Lehrer mit einer uferlosen Glatze. »Bremser«, sagte Pünktchens Begleiter, »darf ich dir Fräulein Pogge vorstellen? Sie will dich sprechen.«

Herr Bremser wird langsam neugierig.

Dann ließ er die beiden allein.

»Du willst mich sprechen?« fragte Herr Bremser.

»Jawohl«, sagte sie. »Sie kennen doch den Anton Gast?«

»Er geht in meine Klasse«, erklärte Herr Bremser und guckte aus dem Fenster.

»Eben, eben«, meinte Pünktchen befriedigt. »Ich sehe schon, wir verstehen uns.« Herr Bremser wurde langsam neugierig. »Also, was ist mit dem Anton?«

»In der Rechenstunde eingeschlafen ist er«, erzählte Pünktchen. »Und seine Schularbeiten gefallen Ihnen leider auch nicht mehr.«

Herr Bremser nickte und meinte: »Stimmt.« Inzwischen waren noch ein paar andere Lehrer hinzugetreten, sie wollten hören, was es gebe.

»Entschuldigen Sie, meine Herren«, sagte Pünktchen, »wollen Sie sich bitte wieder auf Ihre Plätze begeben? Ich muß mit Herrn Bremser unter vier Augen sprechen.« Die Lehrer lachten und setzten sich wieder auf ihre Stühle. Aber sie sprachen fast gar nicht mehr und spitzten die Ohren.

»Ich bin Antons Freundin«, sagte Pünktchen. »Er hat mir erzählt, Sie wollten, wenn das so weiterginge, seiner Mutter einen Brief schreiben.«

»Stimmt. Heute hat er sogar während der Geographiestunde ein Oktavheft aus der Tasche gezogen und darin gerechnet. Der Brief an seine Mutter geht noch heute ab.«

Pünktchen hätte gern einmal probiert, ob man sich in der Glatze von Herrn Bremser spiegeln konnte, aber sie hatte jetzt keine Zeit. »Nun hören Sie mal gut zu«, sagte sie. »Antons Mutter ist sehr krank. Sie war im Krankenhaus, dort hat man ihr eine Pflanze herausgeschnitten, nein, ein Gewächs, und nun liegt sie seit Wochen zu Haus im Bett und kann nicht arbeiten.«

»Das wußte ich nicht«, sagte Herr Bremser.

»Nun liegt sie also im Bett und kann nicht kochen. Aber jemand muß doch kochen! Und wissen Sie, wer kocht? Anton kocht. Ich kann Ihnen sagen, Salzkartoffeln, Rührei und solche Sachen, einfach großartig!«

»Das wußte ich nicht«, antwortete Herr Bremser.

»Sie kann auch seit Wochen kein Geld verdienen. Aber jemand muß doch Geld verdienen. Und wissen Sie, wer das Geld verdient? Anton verdient das Geld. Das wußten Sie nicht, natürlich.« Pünktchen wurde ärgerlich. »Was wissen Sie denn eigentlich?« Die anderen Lehrer lachten. Herr Bremser wurde rot, über die ganze Glatze weg. »Und wie verdient er denn das Geld?« fragte er.

»Das verrate ich nicht«, meinte Pünktchen. »Ich kann Ihnen nur soviel sagen, daß sich der arme Junge Tag und Nacht abrackert. Er hat seine

Mutter gern, und da schuftet er und kocht und verdient Geld und bezahlt das Essen und bezahlt die Miete, und wenn er sich die Haare schneiden läßt, bezahlt er's ratenweise. Und es wundert mich überhaupt, daß er nicht während Ihres ganzen Unterrichts schläft« Herr Bremser stand still. Die anderen Lehrer lauschten. Pünktchen war in voller Fahrt. »Und da setzen Sie sich hin und schreiben seiner Mutter einen Brief, daß er faul wäre, der Junge! Da hört sich doch Verschiedenes auf. Die arme Frau wird gleich wieder krank vor Schreck, wenn Sie den Brief schicken. Vielleicht kriegt sie Ihretwegen noch ein paar Gewächse und muß wieder ins Krankenhaus! Dann wird der Junge aber auch krank, das versprech ich Ihnen! Lange hält er dieses Leben nicht mehr aus.«

Herr Bremser sagte: »Schimpf nur nicht so sehr. Warum hat er mir denn das nicht erzählt?«

»Da haben Sie recht«, meinte Pünktchen. »Ich habe ihn ja auch gefragt, und wissen Sie, was er gesagt hat?«

»Na?« fragte der Lehrer. Und seine Kollegen waren wieder von den Stühlen aufgestanden und bildeten um das kleine Mädchen einen Halbkreis.

»Lieber beiß ich mir die Zunge ab, hat er gesagt«, berichtete Pünktchen. »Wahrscheinlich ist er sehr stolz.«

Herr Bremser stieg von seinem Fensterbrett herunter. »Also gut«, sagte er, »ich werde den Brief nicht schreiben.«

»Das ist recht«, sagte Pünktchen. »Sie sind ein netter Mensch. Ich dachte mir's gleich und vielen Dank.«

Der Lehrer brachte sie zur Tür. »Ich danke dir auch, mein Kind.«

»Und noch eins«, sagte Pünktchen. »Ehe ich's vergesse. Erzählen Sie dem Anton ja nicht, daß ich Sie besucht habe.«

»Keine Silbe«, meinte Herr Bremser und streichelte ihr die Hand. Da klingelte es. Der Unterricht begann wieder. Pünktchen sauste die Treppe hinunter, stieg zu Herrn Hollack ins Auto und fuhr nach Hause. Während der ganzen Fahrt wippte sie auf dem Sitzpolster und sang vor sich hin.

Couragiert treten auch die Helden meiner anderen Kinderbücher dieser Zeit auf, zum Beispiel in »Das fliegende Klassenzimmer« und in »Emil und die drei Zwillinge«.

»Laßt euch die Kindheit nicht austreiben!« – »Kinder sind die besseren Erwachsenen«: das waren wichtige Lebensgrundsätze für mich. Auf die Kinder müssen wir bauen. Die Erwachsenen hatten schon genug Chancen, das Leben menschenwürdiger zu gestalten. So war es nur folgerichtig, wenn ich meine Kinderbücher mit einem Schuss Optimismus gestaltete. Manchmal waren es auch mehr solcher Schüsse ... Das brachte mir gelegentlich den Vorwurf ein, meine Literatur für Erwachsene zu negativ, meine Kinderbücher zu optimistisch zu zeichnen. Ich antwortete darauf mit einem Gedicht:

Und wo bleibt das Positive, Herr Kästner?

Und immer wieder schickt ihr mir Briefe,
in denen ihr, dick unterstrichen, schreibt:
»Herr Kästner, wo bleibt das Positive?«
Ja, weiß der Teufel, wo das bleibt.

Noch immer räumt ihr dem Guten und Schönen
den leeren Platz überm Sofa ein.
Ihr wollt euch noch immer nicht dran gewöhnen,
gescheit und trotzdem tapfer zu sein.

Ihr braucht schon wieder mal Vaseline,
mit der ihr das trockene Brot beschmiert.
Ihr sagt schon wieder, mit gläubiger Miene:
»Der siebente Himmel wird frisch tapeziert!«

Ihr streut euch Zucker über die Schmerzen
und denkt, unter Zucker verschwänden sie.
Ihr baut schon wieder Balkons vor die Herzen
und nehmt die strampelnde Seele aufs Knie.

Die Spezies Mensch ging aus dem Leime
und mit ihr Haus und Staat und Welt.
Ihr wünscht, daß ich's hübsch zusammenreime,
und denkt, daß es dann zusammenhält?

Ich will nicht schwindeln. Ich werde nicht schwindeln.
Die Zeit ist schwarz, ich mach euch nichts weis.
Es gibt genug Lieferanten von Windeln.
Und manche liefern zum Selbstkostenpreis.

Habt Sonne in sämtlichen Körperteilen
und wickelt die Sorgen in Seidenpapier!
Doch tut es rasch. Ihr müßt euch beeilen.
Sonst werden die Sorgen größer als ihr.

Die Zeit liegt im Sterben. Bald wird sie begraben.
Im Osten zimmern sie schon den Sarg.
Ihr möchtet gern euren Spaß dran haben …?
Ein Friedhof ist kein Lunapark.

Du wirst es schon öfter herausgehört haben: mein energisches Eintreten für Frieden und gegen den Krieg, meine Haltung gegen jede Form von Diktatur und Militarismus. Doch hilft das Anschreiben gegen die Machthaber der braunen Diktatur?

Wegsehen und weggehen kamen für mich nicht in Frage

1933 übernahmen die Nazis die Macht. Wegsehen oder gar weggehen kamen für mich nicht in Frage. Oft wurde ich gefragt, warum ich es nicht vorgezogen habe, Deutschland zu verlassen. Ich musste ja mit Verhaftung durch die Nazis rechnen. Um ehrlich zu sein: ich konnte mir nicht vorstellen, dass dieser Spuk der NSDAP lange anhalten konnte. Zwei, vielleicht drei Jahre dachte ich … Ich sollte mich, wie so viele andere, gründlich täuschen. Ich blieb also hier. In Deutschland. Da war meine Mutter, da war mein Vater. Und ich wollte Zeuge sein. Zeuge dieses unwürdigen Politik-Spektakels. Ich wollte als Augenzeuge den großen Roman schreiben. Doch dies sollte Wunschdenken bleiben. Es kam nicht dazu.

Notwendige Antwort auf überflüssige Fragen

Ich bin ein Deutscher aus Dresden in Sachsen.
Mich läßt die Heimat nicht fort.
Ich bin wie ein Baum, der – in Deutschland gewachsen –
wenn's sein muß, in Deutschland verdorrt.

Die Entwicklung der Menschheit

Einst haben die Kerls auf den Bäumen gehockt,
behaart und mit böser Visage.
Dann hat man sie aus dem Urwald gelockt
und die Welt asphaltiert und aufgestockt,
bis zur dreißigsten Etage.

Da saßen sie nun, den Flöhen entflohn,
in zentralgeheizten Räumen.
Da sitzen sie nun am Telefon.
Und es herrscht noch genau derselbe Ton
wie seinerzeit auf den Bäumen.

Sie hören weit. Sie sehen fern.
Sie sind mit dem Weltall in Fühlung.
Sie putzen die Zähne. Sie atmen modern.
Die Erde ist ein gebildeter Stern
mit sehr viel Wasserspülung.

Sie schießen die Briefschaften durch ein Rohr.
Sie jagen und züchten Mikroben.
Sie versehn die Natur mit allem Komfort.
Sie fliegen steil in den Himmel empor
und bleiben zwei Wochen oben.

Was ihre Verdauung übrigläßt,
das verarbeiten sie zu Watte.
Sie spalten Atome. Sie heilen Inzest.
Und sie stellen durch Stiluntersuchungen fest,
daß Cäsar Plattfüße hatte.

So haben sie mit dem Kopf und dem Mund
den Fortschritt der Menschheit geschaffen.
Doch davon mal abgesehen und
bei Lichte betrachtet sind sie im Grund
noch immer die alten Affen.

In der Tat: Über die Entwicklung der Menschheit machte ich mir große Sorgen. Vom ersten Weltkrieg und von der Weimarer Republik hat man offenbar nichts gelernt. So wollte ich mit meiner Dichtung nachhaltig warnen. 1931 erschien mein Roman »**Fabian. Die Geschichte eines Moralisten**«. Zur Neuauflage dieses Buches 1950 schrieb ich folgendes Vorwort:

Über dieses nunmehr bald fünfundzwanzig Jahre alte Buch kursierten im Laufe der Zeit recht verschiedene Urteile, und es wurde noch von manchen, die es lobten, mißverstanden! Wird man's heute besser verstehen? Gewiß nicht! Wie denn auch? Daß im Dritten Reich die Geschmacksurteile verstaatlicht, in Phrasen geliefert und millionenfach geschluckt wurden, hat Geschmack und Urteil breiter Kreise bis in unsere Tage verdorben. Und heute sind, noch ehe sie sich regenerieren konnten, bereits neue, genauer, sehr alte Mächte fanatisch dabei, wiederum standardisierte Meinungen – gar nicht so verschieden von den vorherigen – durch Massenimpfung zu verbreiten. Noch wissen viele nicht, viele nicht mehr, daß man sich Urteile selber bilden kann und sollte. Soweit sie sich drum bemühen, wissen sie nicht, wie man's anfängt. Und schon sind, angeblich zum Schutze der Jugend, Kuratelgesetze gegen moderne Kunst und Literatur in

Vorbereitung. Das Wort »zersetzend« steht im Vokabular der Rückschrittler längst wieder an erster Stelle. Verunglimpfung ist eines jener Mittel, die den Zweck nicht nur heiligen, sondern ihn, nur zu oft, auch erreichen.

So wird heute weniger als damals begriffen werden, daß der »Fabian« keineswegs ein »unmoralisches«, sondern ein ausgesprochen moralisches Buch ist. Der ursprüngliche Titel, den, samt einigen krassen Kapiteln, der Erstverleger nicht zuließ, lautete »Der Gang vor die Hunde«. Damit sollte, schon auf dem Buchumschlag, deutlich werden, daß der Roman ein bestimmtes Ziel verfolgte: Er wollte warnen. Er wollte vor dem Abgrund warnen, dem sich Deutschland und damit Europa näherten! Er wollte mit angemessenen, und das konnte in diesem Falle nur bedeuten, mit allen Mitteln in letzter Minute Gehör und Besinnung erzwingen.

Die große Arbeitslosigkeit, die der wirtschaftlichen folgende seelische Depression, die Sucht sich zu betäuben, die Aktivität bedenkenloser Parteien, das waren Sturmzeichen der nahenden Krise. Und auch die unheimliche Stille vor dem Sturm fehlte nicht – die einer epidemischen Lähmung gleichende Trägheit der Herzen. Es trieb manche, sich dem Sturm und der Stille entgegenzustellen. Sie wurden beiseite geschoben. Lieber hörte man den Jahrmarktschreiern und Trommlern zu, die ihre Senfpflaster und giftigen Patentlösungen anpriesen. Man lief den Rattenfängern nach, hinein in den Abgrund, in dem wir nun, mehr tot als lebendig, angekommen sind und uns einzurichten versuchen, als sei nichts geschehen.

Das vorliegende Buch, das großstädtische Zustände von damals schildert, ist kein Poesie- und Fotografiealbum, sondern eine Satire. Es beschreibt nicht, was war, sondern es übertreibt. Der Moralist pflegt seiner Epoche keinen Spiegel, sondern einen Zerrspiegel vorzuhalten. Die Karikatur, ein legitimes Kunstmittel, ist das Äußerste, was er vermag. Wenn auch das nicht hilft, dann hilft überhaupt nichts mehr. Daß überhaupt nichts hilft, ist – damals wie heute – keine Seltenheit. Eine Seltenheit wäre es allerdings, wenn das den Moralisten entmutigte. Sein angestammter Platz ist und bleibt der verlorene Posten. Ihn füllt er, so gut er kann, aus. Sein Wahlspruch hieß immer und heißt auch jetzt: Dennoch!

München, Mai 1950 *Erich Kästner*

Spötter haben mir vorgeworfen: in dem Roman passiere nicht viel! Außer, dass sich ein junger Mann erschießt, ein anderer junger Mann sich verliebt, dass diesem dann die Liebe abhanden kommt (ich würde sagen: wie andern Leuten ein Stock oder Hut), und dass er am Ende ertrinkt! Nun – so einfach ist es natürlich nicht! Selbstverständlich – dem Werbetexter Fabian kommen Job und Freundin abhanden. Aber ich verfolgte eine ganz andere Absicht: ich wollte warnen! Warnen vor den braunen Machthabern!

Am 10. Mai 1933 verbrannten die Nazis auf dem Opernplatz in Berlin und in anderen Universitätsstädten Bücher von regimekritischen Schriftstellern. Und ich war dabei. Mittendrin.

»Dort steht ja Kästner!« Ich wurde von einer Frau erkannt. »Ihre Überraschung, mich sozusagen bei meinem eigenen Begräbnis unter den Leidtragenden zu entdecken, war so groß, daß sie auch noch mit der Hand auf mich zeigte. Das war mir, muß ich bekennen, nicht angenehm [...] Hans Willhelm [mein Bekannter] und ich musterten die SA-Studenten ringsrum. Sie blickten unverwandt zu dem lodernden Flammenstoß hinüber. Trotzdem beschlossen wir zu gehen.«*

»Gegen Klassenkampf und Materialismus«, »Gegen seelen-zerfressende Überschätzung des Trieblebens, für den Adel der menschlichen

* Hanuschek 1999, S. 215

Bücherverbrennung auf dem Berliner Opernplatz am 10. Mai 1933

Seele«, »Gegen literarischen Verrat an Soldaten des Weltkrieges«, »Gegen dünkelhafte Verhunzung der deutschen Sprache« grölten die SA-Soldaten.

Heinrich und Thomas Mann, Karl Marx, Ernst Glaeser, Sigmund Freud, Kurt Tucholsky, Carl von Ossietzky, Bertolt Brecht, Alfred Döblin, Erich Maria Remarque, Maxim Gorki, Jack London, Ernest Hemingway … – Erich Kästner. Als mein Name aufgerufen wurde, johlten sie: »Für Zucht und Sitte in Familie und Staat!«*

In Deutschland konnte ich fortan nur noch unter Pseudonym veröffentlichen. Und vieles erschien nur noch im Ausland, so z. B. die »Lyrische Hausapotheke« 1936 in Zürich. Ich wurde durch die Gestapo verhaftet. Freigelassen. Erneut verhaftet. Wieder freigelassen.

1939 lernte ich Luiselotte Enderle kennen. Sie sollte meine Lebensbegleiterin werden …

---

* Kordon 1995, S. 108

1942 brauchten mich die Nazis zum Jubilieren und Präsentieren. Und ich Geld zum Überleben. Unter dem Pseudonym »Berthold Bürger« schrieb ich das Drehbuch zum großen Ufa-Jubiläumsfilm »Münchhausen«. Eine Produktion mit Kosten von sieben Millionen Reichsmark mitten im Krieg! Die Nazis verstanden meine Kritik, als der Protagonist im Film sagt: »Die Zeit ist kaputt«. Als Hitler erfuhr, wer sich hinter »Berthold Bürger« in Wirklichkeit verbirgt, bekam er einen Tobsuchtsanfall. Doch das ist eine andere Geschichte.

Kennst Du das Land, wo die Kanonen blühn?

Kennst Du das Land, wo die Kanonen blühn?
Du kennst es nicht? Du wirst es kennenlernen!
Dort stehn die Prokuristen stolz und kühn
in den Büros, als wären es Kasernen.

Dort wachsen unterm Schlips Gefreitenknöpfe.
Und unsichtbare Helme trägt man dort.
Gesichter hat man dort, doch keine Köpfe.
Und wer zu Bett geht, pflanzt sich auch schon fort!

Wenn dort ein Vorgesetzter etwas will
– und es ist sein Beruf etwas zu wollen –
steht der Verstand erst stramm und zweitens still.
Die Augen rechts! Und mit dem Rückgrat rollen!

Die Kinder kommen dort mit kleinen Sporen
und mit gezognem Scheitel auf die Welt.
Dort wird man nicht als Zivilist geboren.
Dort wird befördert, wer die Schnauze hält.

Kennst Du das Land? Es könnte glücklich sein.
Es könnte glücklich sein und glücklich machen!
Dort gibt es Äcker, Kohle, Stahl und Stein
und Fleiß und Kraft und andre schöne Sachen.

Selbst Geist und Güte gibt's dort dann und wann!
Und wahres Heldentum. Doch nicht bei vielen.
Dort steckt ein Kind in jedem zweiten Mann.
Das will mit Bleisoldaten spielen.

Dort reift die Freiheit nicht. Dort bleibt sie grün.
Was man auch baut – es werden stets Kasernen.
Kennst Du das Land, wo die Kanonen blühn?
Du kennst es nicht? Du wirst es kennenlernen!

Was auch geschieht!

Was auch immer geschieht:
Nie dürft ihr so tief sinken,
von dem Kakao, durch den man euch zieht,*
auch noch zu trinken!

Zeichnung von Erich Ohser

* Kakao: Damit sind die braunen Machthaber gemeint.

In der Nazi-Diktatur gab es mutige Zeitgenossen. Und weniger Mutige.

Keiner blickt dir hinter das Gesicht

(Fassung für Beherzte)

Niemand weiß, wie arm du bist …
Deine Nachbarn haben selbst zu klagen.
Und sie haben keine Zeit zu fragen,
wie denn dir zumute ist.
Außerdem, – würdst du es ihnen sagen?

Lächelnd legst du Leid und Last,
um sie nicht zu sehen, auf den Rücken.
Doch sie drücken, und du mußt dich bücken,
bis du ausgelächelt hast.
Und das Beste wären ein Paar Krücken.

Manchmal schaut dich einer an,
bis du glaubst, daß er dich trösten werde.
Doch dann senkt er seinen Kopf zur Erde,
weil er dich nicht trösten kann.
Und läuft weiter mit der großen Herde.

Sei trotzdem kein Pessimist,
sondern lächle, wenn man mit dir spricht.
Keiner blickt dir hinter das Gesicht.
Keiner weiß, wie arm du bist …
(Und zum Glück weißt du es selber nicht.)

Keiner blickt dir hinter das Gesicht

(Fassung für Kleinmütige)

Niemand weiß, wie reich du bist …
Freilich mein ich keine Wertpapiere,
keine Villen, Autos und Klaviere
und was sonst sehr teuer ist,
wenn ich hier vom Reichtum referiere.

Nicht den Reichtum, den man sieht
und versteuert, will ich jetzt empfehlen.
Es gibt Werte, die kann keiner zählen,
selbst, wenn er die Wurzel zieht.
Und kein Dieb kann diesen Reichtum stehlen.

Die Geduld ist so ein Schatz,
oder der Humor und auch die Güte
und das ganze übrige Gemüte.
Denn im Herzen ist viel Platz.
Und es ist wie eine Wundertüte.

Arm ist nur, wer ganz vergißt,
welchen Reichtum das Gefühl verspricht.
Keiner blickt dir hinter das Gesicht.
Keiner weiß, wie reich du bist …
(Und du weißt es manchmal selber nicht.)

Das Eisenbahngleichnis

Wir sitzen alle im gleichen Zug
und reisen quer durch die Zeit.
Wir sehen hinaus. Wir sahen genug.
Wir fahren alle im gleichen Zug.
Und keiner weiß, wie weit.

Ein Nachbar schläft, ein andrer klagt,
ein dritter redet viel.
Stationen werden angesagt.
Der Zug, der durch die Jahre jagt,
kommt niemals an sein Ziel.

Wir packen aus. Wir packen ein.
Wir finden keinen Sinn.
Wo werden wir wohl morgen sein?
Der Schaffner schaut zur Tür herein
und lächelt vor sich hin.

Auch er weiß nicht, wohin er will.
Er schweigt und geht hinaus.
Da heult die Zugsirene schrill!
Der Zug fährt langsam und hält still.
Die Toten steigen aus.

Ein Kind steigt aus. Die Mutter schreit.
Die Toten stehen stumm
am Bahnsteig der Vergangenheit.
Der Zug fährt weiter, er jagt durch die Zeit,
und niemand weiß, warum.

Die 1. Klasse ist fast leer.
Ein feister Herr sitzt stolz
im roten Plüsch und atmet schwer.
Er ist allein und spürt das sehr.
Die Mehrheit sitzt auf Holz.

Wir reisen alle im gleichen Zug
zur Gegenwart in spe.
Wir sehen hinaus. Wir sahen genug.
Wir sitzen alle im gleichen Zug
und viele im falschen Coupé.

Deutsche Gedenktafel 1938

Hier starb einer, welcher an die Menschheit glaubte.
Er war dümmer, als die Polizei erlaubte.

Abendgebet 1943

Wir hocken in modernen Katakomben.
(Schon wieder Krieg, und noch nicht mein Geschmack!)
Behüt uns, Herr, vor allen fremden Bomben
und, wenn du kannst, auch vor der eignen Flak.

Ich wollte die große Freiheit und bekam nur die kleine.

WILLKOMMEN UND ABSCHIED IN MÜNCHEN (1945–1974)

Mit meiner Lebensbegleiterin Luiselotte Enderle erlebte ich das Ende des grauenvollen Zweiten Weltkriegs in Mayrhofen, Tirol. Es war eine Erlösung für uns alle.

1945 kamen wir mit den größten Erwartungen nach München. Meine Eckdaten sind rasch ausgemacht: ich leite das Feuilleton der *Neuen Zeitung*, gebe die Jugendzeitschrift *Pinguin* heraus, arbeite für das Kabarett (besonders für »Die Schaubude«), bin mit Jella Lepman maßgeblich an der Gründung der Internationalen Jugendbibliothek in

Hier bin ich mit meiner Lebensbegleiterin Luiselotte Enderle.

Meine Eltern und ich

München beteiligt, klinke mich schließlich aus fremdbestimmter Arbeit aus und lebe seit 1948 als freier Schriftsteller.

Von 1951 bis 1962 leite ich in der Bundesrepublik den Schriftstellerverband, das so genannte PEN-Zentrum.

1951 stirbt mein geliebtes Muttchen in Dresden, 1957 der Vater. Ebenfalls 1957 wird mein Sohn Thomas geboren – Mutter von Thomas ist nicht meine Partnerin Luiselotte Enderle, sondern die Schauspielerin Friedhilde Siebert. Meinem Freund Edmund Nick, dem Komponisten, gestand ich es: Mit Friedel Siebert »habe ich die Frau kennengelernt, die ich wirklich liebe, aber ich kann mich von der Enderle nicht trennen, denn sie hat gesagt, sie stürzt sich aus dem Fenster«*. Weißt du: wir konnten nicht miteinander – aber auch nicht ohneeinander.

Und 1957 habe ich auch die »Erinnerungen an meine Kindheit« mit dem Buch »Als ich ein kleiner Junge war« veröffentlicht. Daraus habe ich dir ja schon einiges vorgelesen.

Friedel Siebert und unser Sohn Thomas Kästner

Natürlich war es für mich schwer, dass mein Sohn Thomas nicht bei mir, sondern bei seiner Mutter lebte. Aber du kannst dir vorstellen, dass ich, so oft wie es nur möglich war, mit ihm Kontakt pflegte. Von 1964 bis 1969 war das regelmäßig der Fall. Aber dann brach die Beziehung zu Friedel Siebert, der Mutter von Thomas, ab und damit wurden auch die Treffen mit Thomas immer we-

* Hanuschek 2004, S. 119

niger. Schade! Übrigens: 1963 hatte ich mein Buch »Der kleine Mann« eigens für Thomas geschrieben.

Ich engagierte mich für Frieden und Gerechtigkeit. Und ich kämpfte gegen den Atomtod.

Fast hätte ich es vergessen: ich schrieb und schrieb. Texte für die Zeitung, das Kabarett, das Theater, Drehbücher, Kinderbücher …

Natürlich konnten nach 1945 meine Werke, die die Nazis verboten hatten, wieder erscheinen. Alle. Für Kinder. Für Erwachsene. Ich konnte wieder frei durchatmen.

Es begann zunächst in der »Stunde Null« mit der *Neuen Zeitung* – und vor allem mit Kabarett. Die »Schaubude« eröffneten wir am Freitag, 12. April 1946, mit dem Programm »Bilderbogen für Erwachsene«. Besonders das »Marschlied 1945« wurde vom Publikum begeistert aufgenommen:

Marschlied 1945

Text: Erich Kästner · Musik: Edmund Nick

In den letzten dreißig Wochen
zog ich sehr durch Wald und Feld.
Und mein Hemd ist so durchbrochen,
daß man's kaum für möglich hält.
Ich trag Schuhe ohne Sohlen,
und der Rucksack ist mein Schrank.
Meine Möbel hab'n die Polen
und mein Geld die Dresdner Bank.
Ohne Heimat und Verwandte,
und die Stiefel ohne Glanz –
ja, das wär nun der bekannte
Untergang des Abendlands!

Links, zwei, drei, vier,
links, zwei, drei –
Hin ist hin! Was ich habe, ist allenfalls:
links, zwei, drei, vier,
links, zwei, drei –
Ich habe den Kopf, ich hab ja den Kopf
noch fest auf dem Hals.

Eine Großstadtpflanze bin ich.
Keinen roten Heller wert.
Weder stolz, noch hehr, noch innig,
sondern höchstens umgekehrt.
Freilich, als die Städte starben …
als der Himmel sie erschlug …
zwischen Stahl- und Phosphorgarben –
damals war'n wir gut genug.
Wenn die anderen leben müßten,
wie es uns sechs Jahr geschah –
doch wir wollen uns nicht brüsten.
Dazu ist die Brust nicht da.

Links, zwei, drei, vier,
links, zwei, drei –
Hab kein' Hut auf dem Kopf. Ich hab' nichts als:
links, zwei, drei, vier,
links, zwei, drei –
Ich habe den Kopf, ich hab' ja den Kopf
noch fest auf dem Hals!

Ich trag Schuhe ohne Sohlen.
Durch die Hose pfeift der Wind.
Doch mich soll der Teufel holen,

wenn ich nicht nach Hause find.
In den Fenstern, die im Finstern
lagen, zwinkert wieder Licht.
Freilich nicht in allen Häusern.
Nein, in allen wirklich nicht …
Tausend Jahre sind vergangen
samt der Schnurrbart-Majestät.
Und nun heißt's: Von vorn anfangen!
Vorwärts marsch! Sonst wird's zu spät!

Links, zwei, drei, vier,
links, zwei, drei –
Vorwärts marsch, von der Memel bis zur Pfalz!
Links, zwei, drei, vier,
links, zwei, drei –
Denn wir hab'n ja den Kopf, denn wir hab'n ja den Kopf
noch fest auf dem Hals!

Wir wollten die Welt von Grund auf verändern. Und wir haben rasch erfahren müssen, dass es nur zur »kleinen Freiheit« reichen wird …

Mein Arbeitszimmer in München

Zum Neuen Jahr

»Wird's besser? Wird's schlimmer?«
fragt man alljährlich.
Seien wir ehrlich:
Leben ist immer
lebensgefährlich.

Eine Mutfrage

Wer wagt es,
sich den donnernden Zügen entgegenzustellen?
Die kleinen Blumen
zwischen den Eisenbahnschwellen!

Die unzufriedene Straßenbahn

Sie haßte die gewohnte Strecke,
sprang aus dem Schienenstrang heraus
und wollte endlich einmal gradeaus,
statt um die Ecke.
Ein Unglück gab's. Und keine Reise.
Erinnert euch, bis ihr es wißt:
Wenn man als Straßenbahn geboren ist,
dann braucht man Gleise.

Kevin R. Schatkowsky, Klasse 6/2, Wilhelm-Ostwald-Gymnasium Leipzig, Collage zu »Die Konferenz der Tiere«

Illustration zu »Die Konferenz der Tiere« von Walter Trier

Ich sagte dir ja schon: ich baue auf die Kinder. Wenn man sieht, was die Erwachsenen bis 1945 angerichtet haben, da konnte man keinen großen Optimismus mehr entwickeln. Wenn es also besser werden sollte, dann geht dies nur mit den Kindern. Als Erwachsene leiten sie morgen die Geschicke dieser Welt.

Im Roman »Die Konferenz der Tiere« wollte ich die Erwachsenen aufrütteln: Ändert grundlegend euer Verhalten, damit endlich Frieden einkehren kann! Doch du weißt ja selbst, wie friedlos unsere Welt immer noch ist!

Schon vor der Gründung der Internationalen Jugendbibliothek in München (1949) fand am 3. Juli 1946 die Internationale Jugendbuchausstellung in München statt. Ich schrieb am 4. Juli 1946 in der *Neuen Zeitung*:

»… Ich habe mir einige der Namen aus der stattlichen Anwesenheitsliste abgeschrieben und teile sie gerne mit. Es sind unter anderem gekommen: die Herren Eulenspiegel, Baron Münchhausen, Däumling und Rattenfänger aus Norddeutschland, Herr Struwwelpeter aus Frankfurt, Herr Rübezahl aus Schlesien, Monsieur Jean Bart aus Frankreich, Lord Fauntleroy und die Mister Robin Hood, Robinson, Gulliver, Copperfield und Twist aus England, Sahib Kim aus Indien, der Indianer Mohawk und der Neger Onkel Tom gleichfalls aus den Vereinigten Staaten, ein standhafter Zinnsoldat aus Dänemark sowie andere namhafte Persönlichkeiten. Außer diesen Herrschaften haben sich auch eine Reihe berühmter Tiere eingefunden, ein gestiefelter Kater, ein kleiner Stier namens Ferdinand, die Maus Micky, der zahme Bär Pooh, der Fuchs Reineke und Spiegel das Kätzchen. Alle Prinzen, Könige, Feen, Köhler, Schatzgräber, Hexen, Kapitäne, Helden und Zauberer, die der Eröffnung beiwohnten, mit vollem Namen und Geburtsort aufzuführen, reichte die Zeitung nicht aus, und so sei ihrer nur summarisch gedacht. Wer sie aufsuchen will, kann das tun. Ihre Adresse lautet: München, Haus der Kunst. Empfang täglich von 9 bis 11 und von 14 bis 17 Uhr. Anzug nach Belieben. Erwachsene dürfen mitgebracht werden.«

Unsere Idee war ganz einfach: Kinder sollen über Kinder aus anderen Ländern etwas erfahren. Und zwar aus Büchern. Wenn sich die Kinder aus aller Welt kennenlernen, über eine »Kinderbrücke«, kann vielleicht Friede werden …

Friede im Großen – Friede im Kleinen. In der großen Welt kann kein Friede entstehen, wenn es ihn im Kleinen, in der Familie nicht gibt. Ja, so glaubte ich an Illusionen. An die Idee des harmonischen Miteinanders. An die Idee der Versöhnung. An die Idee, dass Kinder ihre zerstrittenen Eltern wieder zusammenführen können. Im »Doppelten Lottchen« kannst du es nachlesen:

Umschlagillustration von Walter Trier

Das doppelte Lottchen
AUSZUG

Zwölftes Kapitel

Herr Grawunder wundert sich Direktor Kilians komische Erzählung Luises und Lottchens Heiratspläne Die Titelseite der »Münchner Illustrierten« Ein neues Schild an einer alten Tür »Auf gute Nachbarschaft, Herr Kapellmeister!« · Man kann verlorenes Glück nachholen · Kinderlachen und ein Kinderlied · »Und lauter Zwillinge!«

Herr Benno Grawunder, ein alter erfahrener Beamter im Standesamt des Ersten Wiener Bezirks, nimmt eine Trauung vor, die ihn, bei aller Routine, ab und zu ein bißchen aus der Fassung bringt. Die Braut ist die geschiedene Frau des Bräutigams. Die beiden einander entsetzlich ähnlichen zehnjährigen Mädchen sind die Kinder des Brautpaars. Der eine Trauzeuge, ein Kunstmaler namens Anton Gabele, hat keinen Schlips um. Dafür hat der andere Zeuge, ein Hofrat Professor Doktor Strobl, einen Hund! Und der Hund hat im Vorzimmer, wo er eigentlich bleiben sollte, einen solchen Lärm gemacht, daß man ihn hereinholen und an der standesamtlichen Trauung teilnehmen lassen mußte! Ein Hund als Trauzeuge! Nein, so was.

Lottchen und Luise sitzen andächtig auf ihren Stühlen und sind glücklich wie die Schneekönige. Und sie sind nicht nur glücklich, sondern auch stolz, mächtig stolz! Denn sie selber sind ja an dem herrlichen, unfaßbaren Glück schuld! Was wäre denn aus den armen Eltern geworden, wenn die Kinder nicht gewesen wären, wie? Na also! Und leicht war's auch nicht gerade gewesen, in aller Heimlichkeit Schicksal zu spielen! Abenteuer,

Tränen, Angst, Lügen, Verzweiflung, Krankheit, nichts war ihnen erspart geblieben, rein gar nichts!

Nach der Zeremonie flüstert Herr Gabele mit Herrn Palfy. Dabei zwinkern die beiden Künstlernaturen einander geheimnisvoll zu. Aber warum sie flüstern und zwinkern, weiß außer ihnen niemand.

Frau Körner, geschiedene Palfy, verehelichte Palfy, hat ihren alten und neuen Herrn und Gebieter nur murmeln hören: »Noch zu früh?« Dann fährt er, zu ihr gewandt, leichthin fort: »Ich hab eine gute Idee! Weißt du was? Wir fahren zunächst in die Schule und melden Lotte an!«

»Lotte? Aber Lotte war doch seit Wochen … Entschuldige, du hast natürlich recht!«

Der Herr Kapellmeister schaut die Frau Kapellmeister zärtlich an. »Das will ich meinen!«

Herr Kilian, der Direktor der Mädchenschule, ist ehrlich verblüfft, als Kapellmeister Palfy und Frau eine zweite Tochter anmelden, die der ersten aufs Haar gleicht. Aber er hat als alter Schulmann manches erlebt, was nicht weniger merkwürdig war, und so gewinnt er schließlich die Fassung wieder.

Nachdem die neue Schülerin ordnungsgemäß in ein großes Buch eingetragen worden ist, lehnt er sich gemütlich im Schreibtischsessel zurück und sagt: »Als junger Hilfslehrer ist mir einmal etwas passiert, das muß ich Ihnen und den beiden Mäderln erzählen! Da kam zu Ostern ein neuer Bub in meine Klasse. Ein Bub aus ärmlichen Verhältnissen, aber blitzsauber und, wie ich bald merkte, sehr ums Lernen bemüht. Er kam gut voran. Im Rechnen war er sogar in kurzer Zeit der Beste von allen. Das heißt nicht immer! Erst dachte ich bei mir: ›Wer weiß, woran's liegen mag!‹ Dann dachte ich: ›Das ist doch seltsam! Manchmal rechnet er wie am Schnürchen und macht keinen einzigen Fehler, andere Male geht es viel langsamer bei ihm, und Schnitzer macht er außerdem!‹«

Der Herr Schuldirektor macht eine Kunstpause und zwinkert Luise und Lotte wohlwollend zu. »Endlich verfiel ich auf eine seltsame Methode. Ich merkte mir in einem Notizbücherl an, wann der Bub gut und wann er miserabel gerechnet hatte. Und da stellte sich ja nun etwas ganz Verrücktes heraus. Montags, mittwochs und freitags rechnete er gut, dienstags, donnerstags und samstags rechnete er schlecht.«

»Nein so was!« sagt Herr Palfy. Und die zwei kleinen Mädchen rutschen neugierig auf den Stühlen.

»Sechs Wochen sah ich mir das an«, fährt der alte Herr fort. »Es änderte sich nie! Montags, mittwochs, freitags – gut! Dienstags, donnerstags, samstags – schlecht! Eines schönen Abends begab ich mich in die Wohnung der Eltern und teilte ihnen meine rätselhafte Beobachtung mit. Sie schauten einander halb verlegen, halb belustigt an, und dann meinte der Mann: ›Mit dem, was der Herr Lehrer bemerkt hat, hat's schon seine Richtigkeit!‹ Dann pfiff er auf zwei Fingern. Und schon kamen aus dem Nebenzimmer zwei Jungen herübergesprungen. Zwei, gleich groß und auch sonst vollkommen ähnlich!

›Es sind Zwillinge‹, meinte die Frau. ›Der Sepp ist der gute Rechner, der Toni ist – der andere!‹ Nachdem ich mich einigermaßen erholt hatte, fragte ich: ›Ja, liebe Leute, warum schickt ihr denn nicht alle beide in die Schule?‹ Und der Vater gab mir zur Antwort: ›Wir sind arm, Herr, Lehrer. Die zwei Buben haben zusammen nur einen guten Anzug!‹«

Das Ehepaar Palfy lacht. Herr Kilian schmunzelt. Das Luiserl ruft: »Das ist eine Idee! Das machen wir auch!«

Herr Kilian droht mit dem Finger. »Untersteht euch! Fräulein Gstettner und Fräulein Bruckbaur werden ohnedies Mühe genug haben, euch immer richtig auseinanderzuhalten!«

»Vor allem«, meint Luise begeistert, »wenn wir uns ganz gleich frisieren und die Sitzplätze tauschen!«

Der Herr Direktor schlägt die Hände überm Kopf zusammen und tut überhaupt, als sei er der Verzweiflung nahe. »Entsetzlich!« sagt er. »Und wie soll das erst einmal später werden, wenn ihr junge Damen seid und euch jemand heiraten will?«

»Weil wir gleich aussehen«, meint Lottchen nachdenklich, »gefallen wir sicher einem und demselben Mann!«

»Und uns gefällt bestimmt auch nur derselbe!« ruft Luise. »Dann heiraten wir ihn ganz einfach beide! Das ist das beste. Montags, mittwochs und freitags bin ich seine Frau! Und dienstags, donnerstags und samstags ist Lottchen an der Reihe!«

»Und wenn er euch nicht zufällig einmal rechnen läßt, wird er überhaupt nicht merken, daß er zwei Frauen hat«, sagt der Herr Kapellmeister lachend.

Der Herr Direktor Kilian erhebt sich. »Der Ärmste!« meint er mitleidig.

Frau Palfy lächelt. »Ein Gutes hat die Einteilung aber doch! Sonntags hat er frei!«

Als das neugebackene, genauer, das wieder aufgebackene Ehepaar mit den Zwillingen über den Schulhof geht, ist gerade Frühstückspause. Hunderte kleiner Mädchen drängen sich und werden gedrängt. Luise und Lotte werden ungläubig bestaunt.

Endlich gelingt es Trude, sich bis zu den Zwillingen durchzuboxen. Schwer atmend blickt sie von einer zur anderen.

»Nanu!« sagt sie erst einmal. Dann wendet sie sich gekränkt an Luise: »Erst verbietest du mir, hier in der Schule drüber zu reden, und nun kommt ihr so einfach daher?«

*»*Ich *hab's dir verboten«, berichtigt Lotte.*

»Jetzt kannst du's ruhig allen erzählen«, erklärt Luise huldvoll. »Von morgen an kommen wir nämlich beide!«

Dann schiebt sich Herr Palfy wie ein Eisbrecher durch die Menge und lotst seine Familie durchs Schultor. Trude wird inzwischen das Opfer der allgemeinen Neugierde. Man bugsiert sie auf den Ast einer Eberesche. Von hier oben aus teilt sie der lauschenden Mädchenmenge alles mit, was sie weiß.

Es läutet. Die Pause ist zu Ende. So sollte man wenigstens denken.

Die Lehrerinnen betreten die Klassenzimmer. Die Klassenzimmer sind leer. Die Lehrerinnen treten an die Fenster und starren empört auf den Schulhof hinunter. Der Schulhof ist überfüllt. Die Lehrerinnen dringen ins Zimmer des Direktors, um im Chor Beschwerde zu führen.

»Nehmen Sie Platz, meine Damen!« sagt er. »Der Schuldiener hat mir soeben die neue Nummer der Münchner Illustrierten gebracht. Die Titelseite ist für unsere Schule recht interessant. Darf ich bitten, Fräulein Bruckbaur?« Er reicht ihr die Zeitschrift.

Und nun vergessen auch die Lehrerinnen, genau wie im Schulhof die kleinen Mädchen, daß die Pause längst vorüber ist.

Fräulein Irene Gerlach steht, elegant wie immer, in der Nähe der Oper und starrt betroffen auf das Titelblatt der Münchner Illustrierten, wo zwei kleine bezopfte Mädchen abgebildet sind. Als sie hochblickt, starrt sie noch mehr. Denn an der Verkehrskreuzung hält ein Taxi, und in dem Taxi sitzen zwei kleine Mädchen mit einem Herrn, den sie gut gekannt hat, und einer Dame, die sie nie kennenlernen möchte!

Lotte zwickt die Schwester. »Du, dort drüben!«

»Aua! Was denn?«

Lotte flüstert, daß es kaum zu hören ist: »Fräulein Gerlach!«

»Wo?«

»Rechts! Die mit dem großen Hut! Und mit der Zeitung in der Hand!« Luise schielt zu der eleganten Dame hinüber. Am liebsten möchte sie ihr triumphierend die Zunge herausstrecken.

»Was habt ihr denn, ihr zwei?«

Verflixt, nun hat die Mutti wohl doch etwas gemerkt?

Da beugt sich, zum Glück, aus dem Auto, das neben dem Taxi wartet, eine vornehme alte Dame herüber. Sie hält der Mutti eine illustrierte Zeitung hin und sagt lächelnd: »Darf ich Ihnen ein passendes Präsent machen?«

Frau Palfy nimmt die Illustrierte, sieht das Titelbild, dankt lächelnd und gibt die Zeitung ihrem Mann.

Die Autos setzen sich in Bewegung. Die alte Dame nickt zum Abschied.

Die Kinder klettern neben Vati und bestaunen das Titelbild.

»Dieser Herr Eipeldauer!« sagt Luise. »Uns so hineinzulegen!«

»Wir dachten doch, wir hätten alle *Fotos zerrissen!« meint Lotte.*

»Er hat ja die Platten!« erklärt die Mutti. »Da kann er noch Hunderte von Bildern abziehen!«

»Wie gut, daß er euch angeschmiert hat«, stellt der Vater fest. »Ohne ihn wäre Mutti nicht hinter euer Geheimnis gekommen. Und ohne ihn wäre heute keine Hochzeit gewesen.«

Luise dreht sich plötzlich um und schaut zur Oper zurück.

Aber von Fräulein Gerlach ist weit und breit nichts mehr zu sehen.

Lotte sagt zur Mutti: »Wir werden dem Herrn Eipeldauer einen Brief schreiben und uns bei ihm bedanken!«

Das »aufgebackene« Ehepaar klettert in der Rotenturmstraße mit den Zwillingen die Stiegen hinauf. In der offenen Tür wartet schon die Resi in ihrem sonntäglichen Trachtenstaat, grinst über das ganze breite Bäuerinnengesicht und überreicht der jungen Frau einen großmächtigen Blumenstrauß.

»Ich dank Ihnen schön, Resi«, sagt die junge Frau. »Und ich freu mich, daß Sie bei uns bleiben wollen!«

Resi nickt wie eine Puppe aus dem Kasperltheater, so energisch und so ruckartig. Dann stottert sie: »Ich hätte ja auf den Hof z'rucksollen. Zum Herrn Vater. Aber ich hab doch das Fräul'n Lottchen so arg gern!«

Der Herr Kapellmeister lacht: »Zu uns drei anderen sind S' nicht eben höflich, Resi!«

Resi zuckt ratlos mit den Schultern.

Frau Palfy greift rettend ein. »Wir können doch nicht ewig auf dem Treppenflur stehenbleiben!«

»Bitt schön!« Resi reißt die Tür auf.

»Momenterl!« sagt der Herr Kapellmeister gemächlich.

»Ich muß erst einmal in die andere Wohnung!«

Alle außer ihm erstarren. Schon am Hochzeitstag will er wieder ins Atelier am Ring? (Nein, die Resi erstarrt ganz und gar nicht! Sie lacht vielmehr lautlos in sich hinein!)

Herr Palfy geht zu Herrn Gabeles Wohnungstür, zückt einen Schlüssel und schließt in aller Seelenruhe auf!

Lottchen rennt zu ihm. An der Tür ist ein neues Schild angebracht, und auf dem neuen Schild steht deutlich zu lesen:

»Palfy«!

»O Vati!« ruft sie überglücklich.

Da steht auch schon Luise neben ihr, liest das Schild, kriegt die Schwester am Kragen und beginnt, mit ihr eine Art Veitstanz aufzuführen. Das alte Stiegenhaus wackelt in allen Fugen.

»Nun ist's genug!« ruft schließlich der Herr Kapellmeister. »Ihr schert euch jetzt mit der Resi in die Küche und helft ihr!« Er schaut auf die Uhr. »Ich zeig der Mutti inzwischen meine Wohnung. Und in einer halben Stunde wird gegessen. Wenn's soweit ist, klingelt ihr!« Er nimmt die junge Frau an der Hand.

An der gegenüberliegenden Tür macht Luise einen Knicks und sagt: »Auf gute Nachbarschaft, Herr Kapellmeister!«

Die junge Frau legt Hut und Mantel ab. »Was für eine Überraschung!« meint sie leise.

»Eine angenehme Überraschung?« fragt er.

Sie nickt.

»Es war schon lange Lottchens Wunsch, bevor's auch der meinige wurde«, erzählt er zögernd. »Gabele hat den Feldzugsplan bis ins kleinste ausgearbeitet und die Schlacht der Möbelwagen eingeleitet.«

»Deswegen also mußten wir erst noch in die Schule?«

»Ja. Der Transport des Flügels hielt den Kampf der Möbeltitanen etwas auf.«

Sie treten ins Arbeitszimmer. Auf dem Flügel steht die aus dem Schreibtischschubfach auferstandene Fotografie einer jungen Frau aus einer vergangenen, unvergessenen Zeit. Er legt den Arm um sie. »Im dritten Stock links werden wir zu viert glücklich sein, und im dritten Stockwerk rechts ich allein, aber mit euch Wand an Wand.«

»Soviel Glück!« Sie schmiegt sich an ihn.

»Jedenfalls mehr, als wir verdienen«, sagt er ernst. »Aber nicht mehr, als wir ertragen können.«

»Ich hätte nie geglaubt, daß es das gibt!«

»Was?«

»Daß man verlorenes Glück nachholen kann wie eine versäumte Schulstunde.«

Er deutet auf ein Bild an der Wand. Aus dem Rahmen schaut, von Gabele gezeichnet, ein kleines, ernstes Kindergesicht auf die Eltern herab. »Jede Sekunde unseres neuen Glücks«, sagt er, »verdanken wir unseren Kindern.«

Luise steht, mit einer Küchenschürze geschmückt, auf einem Stuhl und heftet mit Reißzwecken die Titelseite der Münchner Illustrierten an die Wand.

»Schön«, sagt Resi andächtig.

Lottchen, gleichfalls in einer Küchenschürze, werkelt eifrig am Herd.

Resi tupft sich eine Träne aus dem Augenwinkel, schnüffelt leise und fragt dann, noch immer vor der Fotografie stehend:

»Welche von euch beiden ist denn nun eigentlich welche?«

Die kleinen Mädchen schauen einander betroffen an. Dann starren sie auf die angezweckte Fotografie. Dann blicken sie erneut einander an. »Also …« sagt Lottchen unschlüssig.

»Ich saß, als uns der Herr Eipeldauer knipste, glaub ich, links«, meint Luise nachdenklich.

Lotte schüttelt zaudernd den Kopf. »Nein, ich saß links. Oder?«

Die zwei recken die Hälse zu ihrem Konterfei empor.

»Ja, wenn ihr's selber nicht wißt, welche welche ist!« schreit die Resi außer sich und beginnt zu lachen.

»Nein, wir wissen's wirklich selber nicht!« ruft Luise begeistert. Und nun lachen alle drei, daß ihr Gelächter bis in die Nebenwohnung hinüberdringt. Dort drüben fragt die Frau, fast erschrocken: »Wirst du denn bei solchem Lärm arbeiten können?« Er geht zum Flügel und sagt, während

er den Deckel öffnet: »Nur bei solchem Lärm!« Und indes nebenan das Gelächter einschläft, spielt er seiner Frau aus der Kinderoper das Duett in Es-dur vor, das bis in die Küche der Nachbarwohnung dringt. Die drei hantieren so leise wie möglich, um sich auch ja keinen Ton entgehen zu lassen. Als das Lied verklungen ist, fragt Lottchen verlegen: »Wie ist das eigentlich, Resi? Wo nun Vati und Mutti wieder mit uns zusammen sind, können Luise und ich doch noch Geschwister bekommen?«

»Ja freilich!« erklärt Resi zuversichtlich. »Wollt ihr denn welche haben?«

»Natürlich«, meint Luise energisch. »Buben oder Mädels?« erkundigt sich Resi angelegentlich.

»Buben und *Mädels!« sagt Lotte. Luise aber ruft aus Herzensgrund: »Und lauter Zwillinge!«*

Der Film dazu (1950 in der Regie von Josef von Baky) wurde übrigens ein Riesenerfolg. Er erhielt noch 1950 den Bundesfilmpreis.

Illustration zu »Das doppelte Lottchen«, Henriette Biewald, Klasse 7/2, Wilhelm-Ostwald-Gymnasium Leipzig

In den 60er und 70er Jahren folgte für mich persönlich eine schlimme Zeit. Ich wurde müde. Und krank. Ja, irgendwie resignierte ich. Am 29. Juli 1974 trat ich ab von dieser Welt.

In seiner Trauerrede wählte mein Freund Hermann Kesten, mein literarisches Schaffen würdigend, ein schönes Bild:

Die Bäume in Kästners (also meinem) Garten – so führte Kesten aus – »waren von Lessing und Heine gepflanzt. Die Blumen in seinem Garten stammten von Friedrich Schiller und Heinrich Mann, von Wedekind und Carl Sternheim. Aber der Garten glich ihm selber und sah aus wie Kästner. Er war ganz frische Natur, wie ein englischer Garten, epigrammatisch wie ein französischer Garten, und voller Poesie, simpel und üppig, wie deutsche Bauerngärten. Er war ein Menschenfreund, doch entgegen manchen Menschenfreunden, die nur im Großen und im Allgemeinen lieben können, war er auch für Individuen ein ergebener und liebevoller Freund.«*

Das Individuum, der Mensch, stand bei mir im Vordergrund: vor allem die Kinder. Und Ideologien – gleich welche – waren mir verhasst. Mit Literatur erziehen, die Menschen vernünftiger machen und gleichzeitig erfreuen – das war mir ein wichtiges Anliegen. Wie das schon Hans Sachs und Lessing versucht hatten.

Meine Lebensbegleiterin Luiselotte Enderle schließt ihr Buch über mich so ab: »Ein Tag ist zu Ende«, schrieb ein Verleger und Freund des Hauses. »Sprechen wir nicht von Sonnenuntergang. Sprechen wir von dem, was im Italienischen ›Tramonte‹ heißt. Die Sonne ist nicht untergegangen. Die Sonne ist über die Berge entschwunden, aber sie ist da.«**

Recht tröstlich. Wie ich finde.

---

* Kesten 1974, o. S.

** Enderle 1966, S. 136

Erich Kästner um 1970

Und willst du mich wiedersehen?

ERICH KÄSTNER HEUTE

Gehst du auf eine **Erich Kästner Schule**? Das wäre gar nicht so unwahrscheinlich, denn immerhin tragen mittlerweile 150 Schulen in Deutschland meinen Namen. Auch Straßen sind schon nach mir benannt. Schau doch einmal in die Stadtpläne meiner Geburtsstadt Dresden, meiner Studienstadt Leipzig oder von Berlin und München. Umseitig ein Bild, das eine Schülerin der Leipziger Erich Kästner-Schule zu meinen Kinderbüchern entworfen hat.

Ich schlage dir vor, dich einmal in meine Geburtsstadt Dresden zu begeben, denn dort gibt es seit 1999 ein **Erich Kästner Museum**, ein Museum der besonderen Art. Nein, das ist nicht so langweilig, wie du

Erich Kästner Museum in der Villa Augustin

Ein Blick ins Innere des Museums

»Literarische Figuren bei E. Kästner«, Cathleen Heinig, 4. Klasse, Erich Kästner-Schule Leipzig

denkst – oder warst du etwa schon einmal in einer begehbaren Schatztruhe? Du kannst selbst auf eine spannende Entdeckungsreise gehen. Lass dich vom interaktiven »micromuseum« am Albertplatz in Dresden überraschen!

Wenn du einmal in der bayerischen Hauptstadt unterwegs bist: Die von mir und Jella Lepmann begründete **Internationale Jugendbibliothek** (IJB) kannst du heute noch besuchen. Sie befindet sich im Schloss Blutenburg und in einem eigens eingerichteten Erich Kästner Turmzimmer findest du meine Kinderbücher – übersetzt in alle Sprachen der Welt. Dort steht auch mein alter Sessel.

In diesem Schloss sitzt übrigens auch die **Erich Kästner Gesellschaft**. Du fragst dich, was es damit auf sich hat? Nach meinem Tod, also 1974, haben sich Freunde und Schriftstellerkollegen sowie meine Lebensgefährtin Luiselotte Enderle zusammengeschlossen, um dafür zu sorgen, dass mein Lebenswerk nicht in Vergessenheit gerät. Noch heute organisiert diese Gesellschaft Lesungen, Ausstellungen und Vorträge und unterstützt ebenso Aktionen, die meine Ideale wie z. B. Frieden, Toleranz oder Zivilcourage weitertragen.

Doch nicht nur das. Jährlich treffen sich die Mitglieder, um sich über bestimmte Themen auszutauschen. Welche das sind? Bisher diskutierten sie über die Verwendung meines Nachlasses, den Einsatz meiner Werke im Schulunterricht, über meine Filme und über die Stationen meines Lebens. Zu welchen Ergebnissen sie gelangen, wird seit dem Jahre 2000 im **Erich Kästner Jahrbuch** veröffentlicht.

Eine tolle Sache, finde ich, ist der jährlich ausgeschriebene **Erich Kästner Förderpreis**, der von der Erich Kästner Gesellschaft an junge Menschen verliehen wird, die sich mit meinen Werken beschäftigen und sie kreativ verarbeiten. Außerdem gibt es den **Erich Kästner Preis für Literatur**, den bisher Peter Rühmkorf (†), Loriot (Vicco von Bülow), Robert Gernhardt (†), Tomi Ungerer und zuletzt der Jugendbuch-Autor

Andreas Steinhöfel erhalten haben. Der bekannte Schauspieler Walter Sittler wurde 2009 mit einem Sonderpreis ausgezeichnet. Er stellt meine Lebensgeschichte »Als ich ein kleiner Junge war« ganz allein auf der Bühne dar – eine hervorragende Leistung!

Möchtest du wissen, wie es bei mir zu Hause aussah? Du kannst dir sicher denken, dass in meinem Arbeitszimmer unglaublich viele Bücher standen. Fast alle befinden sich heute in der Bibliothek des **Erich Kästner Kinderdorfs** in Oberschwarzach (Franken). Auch findest du hier

Erich Kästners Bibliothek ...

... und seine Schreibmaschine

eine wahre Schatztruhe mit Erinnerungen an mich. Das Kinderdorf trägt nicht nur meinen Namen, sondern lebt vor allem meine Haltung euch Kindern und Jugendlichen gegenüber. Mit viel Liebe und Wertschätzung werden hier Kinder aufgefangen, die aus unterschiedlichsten Gründen nicht mehr in ihren eigenen Familien leben können. Ich selbst bin hier, so glaube ich behaupten zu können, nicht nur Namenspatron, sondern gelebte Wirklichkeit für die kompetenten Mitarbeiter. Das Kinderdorf hat deshalb testamentarisch nicht nur viele meiner Bücher, sondern auch viele persönliche Gegenstände von mir erhalten, so zum Beispiel Koffer, Sessel, Schreibmaschine und Brille. Hier triffst du mich also »hautnah«, nicht steril und verstaubt: Ein Besuch lohnt sich unbedingt, aber die Mitarbeiter bitten um Voranmeldung.

Und ist dir das noch nicht genug und du willst ganz professionell recherchieren, so kannst du meinen literarischen Nachlass im **Deutschen Literaturarchiv** in Marbach (Neckar) einsehen.

Oder wie wäre es mit einem spannenden und unterhaltsamen **Filmabend** zusammen mit deinen Freunden? Wusstest du, dass es an die **50 Filme** zu meinen Werken gibt? Jüngst kamen die Animationsfilme »Das doppelte Lottchen« heraus! Wenn du einmal eine der alten Verfilmungen von »Emil und die Detektive« schaust, achte doch mal auf die Nebenrollen – vielleicht entdeckst du mich da.

Oh, jetzt haben wir uns verplaudert! Nun muss ich aber los.

Also: auf zu neuen Taten; du weißt ja:

Es gibt nichts Gutes
außer: Man tut es.

Schlusswort der Verfasser

Lieber junger Leser
(oder sollten wir sagen: lieber Kästner-Freund?)!

Natürlich hast du erkannt, dass nicht Erich Kästner selbst dir seine »Geschichte« erzählt hat – es waren Astrid Koopmann und Bernhard Meier, die in seine Rolle geschlüpft sind. Sie wollten ihn dir näher bringen. Ihn – der zu den ganz Großen der deutschen Literatur gehört. Was noch zu sagen bleibt:

Erich Kästner war ein Kinderbuchautor, ein Schriftsteller für Erwachsene, ein Lyriker, ein Kabarettist, ein Journalist … eine große Persönlichkeit mit einigen Schwächen. Aber die haben ja bekanntlich alle großen Persönlichkeiten!

So sollten wir uns dankbar auf seine Werke besinnen. Geblieben ist eine Literatur, die verständlich, sachlich, gut lesbar, zum Teil ironisch und doch herzlich ist. Genießen wir sie!

Biographischer Überblick

1899 23. Februar: Geburt in Dresden-Neustadt, Königsbrücker Straße 66, vierte Etage. Eltern: Ida Amalia, geb. Augustin, und Emil Kästner

1906 Einschulung Volksschule (IV. Bürgerschule) Dresden, Tieckstraße

1913 Seminarist »Nr. 1756« des Freiherrlich-Fletcherschen Lehrerseminars Dresden an der Marienallee (Vorbereitung auf den Volksschullehrer-Beruf)

1915 Erstes veröffentlichtes Gedicht *Helden* in der Seminarzeitung »Fletcheranerbote«

1917 Militärdienst in Dresden und Köln-Wahn. Abschlussprüfung im Fletcherschen Lehrerseminar Dresden (dafür Freistellung vom Militärdienst). Weitere Gedichte im »Fletcheranerboten«

1918 Herzkrankheit (vgl. Gedicht *Sergeant Waurich*). Tätigkeit als Hilfslehrer am Fletcherschen Lehrerseminar Dresden

1919 Besuch des König-Georg-Reformgymnasiums Dresden. Kriegsabitur. Goldenes Stipendium der Stadt Dresden. Immatrikulation an der Universität Leipzig (Germanistik, Geschichte, Philosophie, Zeitungskunde, Theaterwissenschaften). Beziehung mit Ilse Julius

1920 Lyrik in »Dichtungen Leipziger Studenten«. Erste Zeitungsartikel

1921 Sommersemester Studium in Rostock. Wintersemester in Berlin

1922 Rückkehr an die Universität Leipzig. Famulus (studentische Hilfskraft) bei Prof. Albert Köster. Werkstudent. Nebenberufliche journalistische Tätigkeit (»Leipziger Tageblatt«)

1923 Beginn der Freundschaft mit Erich Ohser

1924 Redakteur im Feuilleton der »Neuen Leipziger Zeitung«

1925 Promotion zum Dr. phil. an der Universität Leipzig (Doktorvater Prof. Dr. Georg Witkowski; Doktorarbeit: *Die Erwiderungen auf Friedrichs des Großen Schrift »De la Littérature Allemande«*)

1926 Auslandsreisen (Schweiz, Italien) mit der Mutter. Ende der Liaison mit Ilse Julius. Entlassung (»Neue Leipziger Zeitung«)

1927 Übersiedelung nach Berlin. Freundschaft mit Luiselotte Enderle und Hermann Kesten. Rezensionen, theoretische Beiträge, Dichtung in Zeitungen und Zeitschriften, besonders »Weltbühne«, »Berliner Tageblatt«, »Vossische Zeitung«, »Montag Morgen«

1928 Privatsekretärin Elfriede Mechnig. Gedichtband *Herz auf Taille*

1929 Reise nach Paris mit Erich Ohser und Ilse Julius. Erste eigene Wohnung: Berlin, Roscherstraße. Gedichtband *Lärm im Spiegel*. Erster Roman für Kinder *Emil und die Detektive*

1930 Mit Walter Mehring, Erich Ohser und Hermann Kesten in der Sowjetunion. Gedichtband: *Ein Mann gibt Auskunft*

1931 Aufnahme in den PEN-Club (Schriftstellerverband). Romane *Fabian. Die Geschichte eines Moralisten* und *Pünktchen und Anton*. Film *Emil und die Detektive* (Drehbuch: Billy Wilder und Erich Kästner)

1932 Gedichtband *Gesang zwischen den Stühlen. Der 35. Mai oder Konrad reitet in die Südsee* (Roman für Kinder)

1933 10. Mai: Verbrennung der Bücher Erich Kästners auf dem Berliner Opernplatz durch die Nazis. In Deutschland sind Kästners Bücher verboten (Ausnahme: *Emil und die Detektive*), Publikation der Bücher im Ausland. Erich Kästner veröffentlicht in Deutschland unter Pseudonym. Verhaftung durch die Gestapo. Freilassung. *Das fliegende Klassenzimmer*

1934 *Drei Männer im Schnee*

1936 Gedichtband *Dr. Erich Kästners Lyrische Hausapotheke* (in der Schweiz erschienen)

1937 Zweite Verhaftung durch die Gestapo. Freilassung. Mit Walter Trier in Salzburg

1938 *Georg und die Zwischenfälle* (nach 1945 unter *Der kleine Grenzverkehr* erschienen)

1939 Liaison mit Luiselotte Enderle

1942 Drehbuch *Münchhausen* für das Ufa-Jubiläum unter dem Pseudonym Berthold Bürger, Regisseur: Josef von Baky. Drehbuch *Der kleine Grenzverkehr*

1943 Generelles Schreibverbot

1944 Einzug in die Berliner Wohnung von Luiselotte Enderle (nach Bombardierung der eigenen Wohnung). Selbstmord Erich Ohsers

1945 Bei Kriegsende mit Luiselotte Enderle und einer Ufa-Expedition in Mayrhofen (Zillertal) – Nach dem Ende des Zweiten Weltkrieges Mitarbeit am Kabarett »Die Schaubude« in München. Feuilletonchef der »Neuen Zeitung« (US-Besatzungsbehörde) München. Herausgeber der Jugendzeitschrift »Pinguin«

1946 Wohnung in München, Fuchsstraße (zusammen mit Luiselotte Enderle). Gedichtauswahl *Bei Durchsicht meiner Bücher*

1948 Freier Schriftsteller. *Der tägliche Kram. Kurz und bündig*

1949 Beendigung der Tätigkeit als Herausgeber der Jugendzeitschrift »Pinguin«, Mitbegründer der Internationalen Jugendbibliothek (IJB) in München (mit Jella Lepman). Bekanntschaft mit Friedhilde Siebert. *Die Konferenz der Tiere. Das doppelte Lottchen*

1951 Präsident des westdeutschen PEN-Zentrums. Mitbegründer des Kabaretts »Die kleine Freiheit«. Tod der Mutter in Dresden. Film *Das doppelte Lottchen* (Drehbuch: Erich Kästner)

1952 *Die kleine Freiheit*

1953 Neue Wohnung: Haus in der Münchener Flemingstraße 52 (am Herzogpark) mit Luiselotte Enderle. Film *Pünktchen und Anton* (Regie: Thomas Engel)

1954 Nacherzählung *Die Schildbürger*. Film *Das fliegende Klassenzimmer* (Drehbuch: Erich Kästner, Regie: Kurt Hoffmann). Film *Emil und die Detektive* (Regie: Robert Adolf Stemmle)

1955 Gedichtband *Die dreizehn Monate*. Film *Drei Männer im Schnee* (Drehbuch: Erich Kästner)

1956 *Die Schule der Diktatoren. Don Quichotte*

1957 Georg-Büchner-Preis. Geburt von Sohn Thomas (Mutter: Friedhilde Siebert). Tod des Vaters in Dresden. *Als ich ein kleiner Junge war* (Erinnerungen an die Kindheit)

1958 Aktionen gegen die atomare Bewaffnung der Bundeswehr (»Kampf dem Atomtod«). Rede auf dem PEN-Kongress in Hamburg zum 25. Jahrestag der Bücherverbrennung

1959 *Gesammelte Schriften* in sieben Bänden

1960 Hans-Christian-Andersen-Medaille (sog. »Kleiner Literatur-Nobelpreis«)

1961 Krankheit Tuberkulose. *Gullivers Reisen* (Nacherzählung für Kinder). *Notabene 45. Ein Tagebuch*. Film *Das doppelte Lottchen* (Regie: David Swift)

1962 Beendigung der Tätigkeit als PEN-Präsident. Lungensanatorium Agra (Schweiz)

1963 *Der kleine Mann* (geschrieben für Thomas Kästner). Film *Emil und die Detektive* (Regie: Peter Tewksbury)

1964 erneut im Lungensanatorium Agra (Schweiz)

1965 Ehrenpräsident des PEN-Clubs der Bundesrepublik Deutschland

1969 Endgültige Trennung von Friedhilde Siebert. *Gesammelte Schriften für Erwachsene* in acht Bänden, herausgegeben von Erich Kästner. Film *Die Konferenz der Tiere* (Regie: Curt Linda)

1973 Film *Das fliegende Klassenzimmer* (Regie: Werner Jacobs)

1974 29. Juli: Tod (Klinik München-Neuperlach, Diagnose Speiseröhrenkrebs)

Filmographie 1975–2010

(Auswahl)

1979 *Fabian* (Regie: Wolf Gremm)

1994 *Charlie und Louise* (*Das doppelte Lottchen*). (Regie: Josef Vilsmaier)

1998 *Pünktchen und Anton* (Regie: Caroline Link)

2001 *Emil und die Detektive* (Regie: Franziska Buch)

2002 *Das fliegende Klassenzimmer* (Regie: Tomy Wigand)

2007 *Das doppelte Lottchen* (Zeichentrickfilm)

2010 *Konferenz der Tiere* (Animationsfilm)

Quellenangaben

Die verwendeten Auszüge entstammen folgenden Werken Erich Kästners :
Als ich ein kleiner Junge war (1974);
Bei Durchsicht meiner Bücher (1946);
Das doppelte Lottchen (1949);
Dr. Erich Kästners Lyrische Hausapotheke (1936);
Ein Mann gibt Auskunft (1985);
Emil und die Detektive (1988);
Fabian. Die Geschichte eines Moralisten (1985);
Gesang zwischen den Stühlen (1985);
Herz auf Taille (1985);
Lärm im Spiegel (1985);
Pünktchen und Anton (1991).

Kästner für Erwachsene. Ausgewählte Schriften. Band 1. Zürich 1983: Atrium

[Muttchenbriefe]: *Erich Kästner: »Mein liebes, gutes Muttchen, Du!«* Briefe und Postkarten aus 30 Jahren. Ausgewählt und eingeleitet von Luiselotte Enderle. Hamburg: Albrecht Knaus 1981

Nick, Edmund: *Das literarische Kabarett »Die Schaubude« 1945–1948*. Seine Geschichte in Briefen und Songs. Herausgegeben und kommentiert von Dagmar Nick. München: Alliteria edition monacensia 2004

Enderle, Luiselotte: *Erich Kästner*. Reinbek: Rowohlt 1995

Hanuschek, Sven: *Keiner blickt dir hinter das Gesicht*. Das Leben Erich Kästners. München-Wien: Carl Hanser 1999

Hanuschek, Sven: *Erich Kästner*. Reinbek: Rowohlt 2004

Kesten, Hermann: *Wir, die Erben der Toten*. Grabrede auf Erich Kästner. In: »Süddeutsche Zeitung« vom 2. August 1974

Kordon, Klaus: *Die Zeit ist kaputt*. Die Lebensgeschichte des Erich Kästner. Weinheim-Basel: Beltz 1995 (Diese Biographie ist für Jugendliche geschrieben und wurde mit dem Jugendliteraturpreis ausgezeichnet.)

Literaturverzeichnis
(chronologisch)

Weitere interessante Kästner-Ausgaben für junge Leser

Erich Kästner: Werke. Herausgegeben von Franz Josef Görtz. München-Wien: Carl Hanser 1998 [in 9 Bänden]

***

Erich Kästner: Da samma wieda! Geschichte in Geschichten. Auswahl und Nachwort: Richard Christ. Berlin – DDR: Verlag der Nation 1969

Das Erich Kästner Lesebuch. Herausgegeben von Christian Stich. Zürich: Diogenes 1978

Erich Kästner erzählt. Till Eulenspiegel – Münchhausen – Don Quichotte – Die Schildbürger – Gullivers Reisen. Hamburg: Cecilie Dressler und Zürich: Atrium 1995

Kästner für Kinder. 2 Bände. Zürich: Atrium 1995

Das große Erich Kästner Lesebuch. Herausgegeben von Sylvia List. Mit einem Geleitwort von Hermann Kesten. München: Deutscher Taschenbuch Verlag 1999

Dr. Erich Kästners Lyrische Hausapotheke. 56 Gedichte im Warschauer Getto aufgeschrieben und illustriert von Teofila Reich-Ranicki. Stuttgart – München: Deutsche Verlags-Anstalt 2000

Erich Kästner: Sachliche Romanzen. Gedichte über die Liebe und andere unvermeidliche Dinge. Hrsg.: Renate Reichstein. Zürich: Atrium 2007

Erich Kästner. Wird's besser? Wird's schlimmer? Gebrauchstexte für (fast) jeden Anlass. Hrsg.: Renate Reichstein. Zürich: Atrium 2007

Erich Kästner: Der kleine Grenzverkehr oder Georg und die Zwischenfälle. Hrsg.: Renate Reichstein. Zürich: Atrium 2008

Weitere Literatur über Kästner

Bemmann, Helga: *Erich Kästner – Leben und Werk.* Berlin: Ullstein 1998

Görtz, Franz Josef und Hans Sarkowicz: *Erich Kästner. Eine Biographie.* München-Zürich: Piper 1998

Schikorsky, Isa: *Erich Kästner.* München: Deutscher Taschenbuch Verlag 1998

Tornow, Ingo: *Erich Kästner und der Film.* München: Deutscher Taschenbuch Verlag 1998

Wegner, Manfred (Hrsg.): *»Die Zeit fährt Auto.«* Erich Kästner zum 100. Geburtstag. Berlin (Deutsches Historisches Museum) und München (Stadtmuseum) 1999 (Ausstellungskatalog)

Schweiggert, Alfons: *Erich Kästner. Liebesbrief an München.* Die Münchner Jahre und die Jahre davor. München: Buchendorfer 1999

Doderer, Klaus: *Erich Kästner. Lebensphasen – politisches Engagement – literarisches Wirken.* Weinheim-München: Juventa 2002

Stresow, Matthias: *Auf den Spuren Erich Kästners in Dresden.* Dresden: Hellerau 2004 (5., erweiterte Auflage)

Erich Kästner Jahrbuch. Band 5. Kästner-Debatte. Kritische Positionen zu einem kontroversen Autor. Hrsg.: Bernhard Meier im Auftrag der Erich Kästner Gesellschaft. Würzburg: Königshausen & Neumann 2008

Erich Kästner Jahrbuch. Band 6. Das Trojanische Pferd. Hrsg.: Ruairi O'Brien und Bernhard Meier im Auftrag der Erich Kästner Gesellschaft. Würzburg: Königshausen & Neumann 2010

Gauglitz, Gerd O.: *Erich Kästner in Berlin.* Eine Spurensuche 1927–1945. Berlin: Edition Gauglitz (o. J.)

Kathrin Pöge-Alder: *Begegnungen mit Erich Kästner.* Rolf Kralovitz und der Wettbewerb im Schulmuseum Leipzig. Leipzig: Passage Verlag 2005

Erich Kästner im Deutschunterricht

Cichlinski, Gerd: *Kinder entdecken Erich Kästner.* Eine kreative Spurensuche für Kinder ab 9 Jahren. Donauwörth: Auer 2005

Hübener, Andrea: *Erich Kästners Kinder- und Jugendbücher in der Grundschule und Sekundarstufe I.* Baltmannsweiler: Schneider 2006

Meier, Bernhard (Hrsg.): *Von Emil bis Fabian. Erich Kästner im Deutschunterricht.* Baltmannsweiler: Schneider 2009 (2. Aufl.)

Bildnachweis

Atrium Verlag Zürich, S. 10, 13, 14, 17, 18, 19, 20, 22, 24, 54, 56, 57, 58, 70, 81 rechts, 83, 84, 88 · Bundesarchiv Koblenz, Bild 102-14597, S. 68 · Erich Kästner Museum (Fotos: R. O'Brien), S. 95 (2) · Fotoarchiv Erich Kästner, Rechtsanwalt Peter Beisler, München, S. 7, 15, 16, 29, 31, 36 rechts, 40, 75 (2), 76, 79, 94 · Koopmann, Astrid, S. 98 (2) · Schulmuseum Leipzig, S. 81 links, 92, 96 · Stadtgeschichtliches Museum Leipzig, Fotothek (Foto Walter), S. 32 · Universitätsarchiv Leipzig, Philologische Fakultät C5/55.01 Band 42, S. 36 links

Wir danken herzlich dem Atrium Verlag, Zürich/Hamburg, im Besonderen Frau Renate Reichstein, für die freundliche Genehmigung zum Abdruck von Texten und Illustrationen von Horst Lemke, Erich Ohser und Walter Trier aus Erich Kästners Werken.

Unser besonderer Dank für die Überlassung von Fotos und Bildern zur Nutzung in diesem Buch gilt Herrn Rechtsanwalt Beisler und Frau List (Erich Kästner Archiv München), Herrn O'Brien (Erich Kästner Museum Dresden), Frau Urban (Schulmuseum Leipzig), Frau Muhl (Universitätsarchiv Leipzig) und Frau Koopmann.

Da es leider nicht möglich war, alle Rechteinhaber von Bildern und Texten zu ermitteln, bitten wir diese, sich gegebenenfalls an den Verlag zu wenden.

Über die Verfasser

Astrid Koopmann, M. A., studierte Germanistik, Sportwissenschaft und Pädagogik an der Technischen Universität Chemnitz. Ihre Magister-Arbeit schrieb sie über die Rolle der Mutter in den Kinderbüchern Erich Kästners. Sie arbeitet hauptberuflich als Berufs- und Studienberaterin. Außerdem ist sie Lehrbeauftragte im Institut für Germanistik der Technischen Universität Chemnitz. Dort promoviert sie auch in Neuerer Deutscher Literaturwissenschaft. Publikationen zu Erich Kästner.

Prof. Dr. Bernhard Meier, geb. 1944, lehrte Didaktik der deutschen Sprache und Literatur und war bis 2009 Direktor des Instituts für Germanistik der Universität Leipzig. Seit der Pensionierung 2009 arbeitet er als Lehrbeauftragter/Vertretungsprofessor an den Universitäten Leipzig, Rostock und Eichstätt/Bayern. Er ist Präsident der Erich Kästner Gesellschaft e. V. München. Er studierte Germanistik, Sozialwissenschaften und Pädagogik in Regensburg, Salzburg und Erlangen und war zunächst Lehrer, dann Dozent an verschiedenen Universitäten. Seine Doktorarbeit (Erlangen) schrieb er über das Leseverhalten von Jugendlichen, seine Habilitationsschrift (Berlin) verfasste er über die Geschichte des Literaturunterrichts der DDR.

Zahlreiche Publikationen zum Literaturunterricht, zur Leseförderung und zu Johann Wolfgang von Goethe, Thomas Mann und Erich Kästner.

HORST NALEWSKI

Kennst du Rainer Maria Rilke?

Das Buch ist an diejenigen gerichtet, die Rilke kennen lernen wollen, aber auch an erwachsene Literaturinteressierte, die den jungen Rilke besonders lieben. Es will den schweren Weg nachzeichnen, den Rilke gehen musste, um schließlich einer der Großen zu werden. Der Autor dieses Buches, Prof. Dr. Horst Nalewski, ist ein bedeutender Rilke-Kenner. Er hat es verstanden, für junge Leser ab 15 Jahren ein eindrucksvolles Bild von des Dichters konfliktreichem Weg zum großen Künstler zu zeichnen.

ISBN: 978-3-937601-25-0
108 Seiten · 12,80 Euro

ANDRÉ BARZ

Kennst du E.T.A. Hoffmann?

Erlaubst du, geneigter Leser, ein Wort? Hättest du nicht Lust auf einen Tee oder eine heiße Schokolade? Vielleicht magst du aber auch lieber 'nen Punsch, so wie ich? Dabei in aller Gemütlichkeit ein wenig plaudern, Geschichten erzählen, lesen. – Liest du gerne? Viel? – Ich habe die Bücher ein manches Mal in mich hineingesogen. Etwa »Das fremde Kind«, »Der Magnetiseur«, »Der goldene Topf«, »Klein Zaches genannt Zinnober« oder auch »Die Königsbraut«. Ach so, nicht zu vergessen »Der Sandmann«!

ISBN: 978-3-937601-31-1
156 Seiten · 12,80 Euro

WILFRIED BÜTOW

Kennst du Heinrich Heine?

Literaturneugierige Leser finden in Heinrich Heines Texten unerwartet viele Gedanken und Emotionen, die ihnen nahe sind. Die Einblicke in das künstlerisch so abwechslungsreiche Werk Heines machen begreiflich: Er ist ein universeller, ein moderner, ein europäischer Dichter. Aber auch der umstrittenste deutsche Dichter. Bewegendes ist über ihn zu lesen: sein Leben in der »Matratzengruft« und die Dichtung dieser Jahre als Balanceakt »zwischen Tränen und Gelächter«.

ISBN: 978-3-937601-32-8
148 Seiten · 12,80 Euro

KARLHEINZ FINGERHUT

Kennst du Franz Kafka?

Franz Kafka ist noch achtzig Jahre nach seinem Tod in aller Munde. Kennst du ihn schon? Er zählt zu den großen Repräsentanten der deutschsprachigen Literatur des zwanzigsten Jahrhunderts. Seine Werke schockieren, provozieren und faszinieren. Trotz verständlichen Vokabulars und klarer Satzstruktur bleibt der Sinn der Texte gerade unerfahrenen Kafka Lesern oft verborgen. Karlheinz Fingerhut gewährt dir in diesem Buch einen leichteren Zugang zum Menschen Kafka und zu seinen teils verwirrenden Texten.

ISBN: 978-3-937601-44-1
128 Seiten · 12,80 Euro

ARNO PIELENZ

Kennst du Heinrich von Kleist?

»... mein Leben, das allerqualvollste, das ein Mensch je geführt hat.« So schrieb Kleist Stunden, bevor er sich mit seiner Todesgefährtin erschoss. Aus diesem unglücklichen Leben erwuchs ein Werk, das ohne Beispiel ist in der Literatur und erst spät in seiner Bedeutung erkannt wurde. Lernen wir den Sünder Adam kennen, den Dorfrichter im »Zerbrochnen Krug«, der über sich selbst zu Gericht sitzen muss. Begleiten wir Michael Kohlhaas, der mordet, um sein Recht zu bekommen. Fühlen wir mit dem tapferen Prinz von Homburg, der um sein Leben winselt. *Lesen wir Heinrich von Kleist!*

ISBN: 978-3-937601-43-4
144 Seiten · 12,80 Euro

FRIEDRICH ALBRECHT

Kennst du Anna Seghers?

»Und habt ihr denn etwa keine Träume?«, fragte Anna Seghers in dem Motto zu ihrer Erzählung »Die schönsten Sagen vom Räuber Woynok«. Ihre eigenen Träume führten sie von der Heimatstadt Mainz aus weit in die Ferne, aber auch mitten in die dramatischen Kämpfe des Jahrhunderts. Auf der Flucht vor den Nazis gelangte sie über Paris, Marseille und die karibischen Inseln schließlich bis nach Mexiko. Eine abenteuerliche Lebensreise veranschaulicht durch Auszüge aus ihren Werken, Briefe, Tagebuchaufzeichnungen, Erinnerungen von Zeitgenossen und viele Bilder.

ISBN: 978-3-937601-58-8
136 Seiten · 12,80 Euro

JÜRGEN KLOSE

Kennst du Friedrich Schiller?

Viel wurde schon geschrieben über den großen deutschen Dichter. Doch kein Schiller-Buch ist wie dieses: Um den Leser nicht mit wiederholt Gehörtem zu langweilen, setzt der Autor Jürgen Klose ein gewisses Maß an Vorwissen voraus. Entstanden ist ein Lesebuch der anderen Art. Eine reich bebilderte Biographie und kluge Abhandlung, gewürzt mit Texten von und über den deutschen Klassiker, mit Auszügen aus Briefen und einigen unbekannteren, aber nicht unbedeutenden Gedichten sowie mit wichtigen Szenen aus Schillers dramatischen Werken.

ISBN: 978-3-937601-73-1
136 Seiten · 12,80 Euro

MARTIN SCHNEIDER

Kennst du Leo Tolstoi?

Der junge Tolstoi ist impulsiv, schlägt oft über die Stränge, zieht freiwillig als Soldat in den Krieg. Er steckt voller Ideale und möchte die Welt bessern. Als Gutsbesitzer versucht er, die Lebensbedingungen der Landbevölkerung zu ändern. Mit zunehmendem Alter steht er der Institution Kirche äußerst kritisch gegenüber und zweifelt an der zaristischen Regierung. Bis zuletzt ist er ein Idealist geblieben und galt als Revolutionär und Anarchist. Seine Texte sind Zeugnisse seiner Suche nach dem lebenswerten, dem eigentlichen Leben und haben an Aktualität nichts verloren.

ISBN: 978-3-937601-83-0
123 Seiten · 12,80 Euro

ROLAND OPITZ

Kennst du Fjodor Dostojewski?

Sein Leben war so spannend wie seine Romane. Es glich einer Achterbahnfahrt: stetig pendelnd zwischen Verehrung und Verachtung, zwischen Erfolg, Spielsucht und Geldnot. Seine Arbeit wurde immer wieder von epileptischen Anfällen unterbrochen. Bereits mit 28 Jahren wurde er wegen revolutionärer Gedanken des Hochverrats angeklagt und zum Tode verurteilt … Er ist einer der großen Erzähler des 19. Jahrhunderts. Er blickt in die menschliche Seele, entblößt ihre Zwiespälte und Abgründe. Nicht umsonst gehört er zu den bedeutendsten Romandichtern der Weltliteratur.

ISBN: 978-3-937601-75-5
140 Seiten · 12,80 Euro